U0144005

Vol. 006
韓國音樂劇
한국 뮤지컬

contents

Part.1 오프닝 Opening

Part.2 인물 Figures

Part.3 관점 View

Part.4 인터뷰 Interview

線上音檔 QRCode

線上音檔使用說明：
(1) 掃描 QRcode → (2) 回答問題→
(3) 完成訂閱→ (4) 聆聽書籍音檔。

01

오프닝

OPENING

韓國音樂劇充滿獨特魅力，本章將帶你探索韓國音樂劇特色，包含演員的超強實力、精緻的舞台設計等，並由劇場達人帶路，認識從首爾到釜山的十大知名劇場，最後則提供詳細購票指南，讓你能輕鬆踏上韓國音樂劇之旅。無論你是新手還是資深劇迷，都能享受音樂劇的視聽盛宴！

韓國音樂劇魅力大揭祕！從幕前到幕後，讓你一秒入坑

撰文者｜ Daisy's Musical World

韓國音樂劇越來越盛行，近年也逐漸風靡台灣，原創音樂劇《拉赫曼尼諾夫》《Fan Letter》、授權音樂劇《三劍客》《搖滾芭比》等來台演出都造成不少話題，也有越來越多的台灣劇迷願意花機票錢特地飛往韓國，就是為了一睹韓國音樂劇的風采！為何韓國音樂劇會如此迷人？除了實力堅強的演員、精緻華麗的舞台，韓國音樂劇還有哪些特色？一起來一探究竟吧！

一　演員演唱實力堅強

(一) 專職音樂劇演員

韓國音樂劇以專職音樂劇演員為主，有許多超高人氣的實力派演員，除了主要演員外，配角和群演演員的實力亦不容小覷。朴殷泰（박은태）擁有清新溫柔且富有力量的嗓音，歌聲渲染力極強；全東奭（전동석）有著非常廣的音域，歌聲聽來極為過癮；金素賢（김소현）演唱可甜美可典雅，高音強到讓人起雞皮疙瘩！還有申榮淑（신영숙）、洪光鎬（홍광호）、徐垌秀（서경수）、金秀何（김수하）等眾多優秀演員，實在是多不勝數。

(二) 跨界演出

跨界演出的情況也越來越盛行，流行歌手出身的 JYJ 金俊秀（김준수）、Fin.K.L 玉珠鉉（옥주현）、Super Junior 圭賢（규현）、Tei（테이）等長年演出音樂劇，演唱實力廣受好評。近年還有盤索里歌手金俊洙（김준수），小提琴家 KoN（콘），影視演員朴寶劍（박보검）、金汎（김범）等加入演出，為韓國音樂劇增添更多可能。此外，曹承佑（조승우）、曹政奭（조정석）、田美都（전미도）、金聖喆（김성철）等演員自電影、音樂劇等不同領域出道，在音樂劇界與影視界均有多部作品，演出備受肯定。

二 舞台呈現精緻華麗

（一）大劇場音樂劇

基本上就是「華麗」二字！不論舞台布景、舞蹈編排還是聲光效果，都讓人看得目不轉睛。例如原創音樂劇《科學怪人》科學家用來創造生命的超大型實驗機器，從齒輪、推桿到機器啟動的聲響、火花，無一不精細；音響設計讓觀眾彷彿身歷其境，授權音樂劇《悲慘世界》槍林彈雨的聲效根本是環繞音響！此外也時不時可見精彩的舞蹈編排，原創音樂劇《英雄》日本軍在抓獨立軍的場景是雙方邊跑邊跳舞，甚至還要邊對打，舞蹈強度之高，讓人大呼過癮。

（二）中小劇場音樂劇

雖因製作經費等因素，較難有如同大劇場近乎浮誇的舞台呈現，但在精緻度上常令人大感驚豔，例如原創音樂劇《22 年 2 個月》關東大地震的逼真聲光影像，甚至台下的觀眾也都可以感受到地板震動，完全 4D 體驗！原創音樂劇《路德維：貝多芬的鋼琴》以燈光和聲效呈現貝多芬耳疾狀況的手法也令人震撼。此外，因劇場規模較小，不論坐哪裡都離舞台很近，觀眾能清楚看見演員神情與舞台呈現，近距離體驗更能讓人沉浸其中，與角色一同呼吸。

三 演出劇目百花齊放

（一）三大演出種類

韓國音樂劇產業有大量的原創音樂劇、授權音樂劇，也不時邀請國外音樂劇赴韓巡演；其中授權音樂劇又再細分為是否完全授權，較常見的韓版音樂劇為「Non-Replica」，僅授權劇本與詞曲，是「非完全複製」的創作模式，在製作上有較大的發揮空間，例如韓版《來自遠方》的舞台設計與原版大不相同，搬上舞台的那一大片森林真的極美！

（二）演出題材五花八門

演出題材涵蓋類型廣泛，舉凡歷史、奇幻、都會、犯罪，應有盡有，並擅長以不同角度詮釋現有故事，劇本精煉又富有創意，例如原創音樂劇《小矮人們》混搭童話人物，笑鬧輕鬆又帶著幽默寫實；《狂炎奏鳴曲》改編自同名小說，主角透過殺人才能獲得寫曲靈感，驚悚沉重，極具張力。

（三）謝幕方式留有餘韻

越來越多演出會有配合劇情的謝幕方式，謝幕的最後，演員是帶著角色形象與觀眾道別，讓演出雖已結束，卻餘韻猶存，例如原創音樂劇《男孩 A》謝幕之後是兩個角色站在旋轉舞台上相視而笑，留給觀眾想像空間，是個小番外的概念呢！

四　歌曲洗腦風格多樣

（一）歌曲風格

韓國音樂劇創作人才濟濟，曲風多樣化，觀眾走出劇場時都能哼著旋律回家，十分洗腦！例如《賓漢》及《科學怪人》作曲家李成俊（이성준）曲風磅礴震撼；《SWAG AGE：吶喊吧，朝鮮！》作曲家李政延（音譯；이정연）融入時調的RAP曲風新穎獨特；《路德維：貝多芬的鋼琴》作曲家許秀炫（허수현）擅長融入古典音樂，古典而創新；《阿爾托，梵谷》及《狂炎奏鳴曲》作曲家Damiro（다미로）歌曲敘事性強烈，張力十足。此外，製作公司也常與外國創作者合作，例如《也許是美好結局》作曲家Will Aronson爵士風格的曲風清新暖心。

（二）現場演奏

韓國音樂劇以現場演奏為主，使演出更彈性靈活，可以配合演員的呼吸，調整演奏時間點，讓每一場演出成為獨一無二的存在。大劇場音樂劇通常會有現場管弦樂團（但地方公演則不一定會有），中小劇場音樂劇也時常可見現場樂團，例如鋼琴、小提琴等樂器，或為事先錄製，有時搭配現場演奏，部分劇目還可以看到演員親自在台上演奏呢！

五　宣傳方式花招百出

（一）演出期間長

韓國音樂劇的演出期間常多達兩、三個月，有些小劇場甚至是 Open Run（長期演出），觀看演出成為許多韓國人的日常，甚至出現「旋轉門觀眾」，指走不出劇場大門、不斷看同一部劇的 N 刷觀眾。

演出現場基本上都有美美的卡司看板，除了供觀眾拍照打卡，留作紀念，還能有宣傳效果。此外，大劇場通常會有精緻的拍照區，將一個空間布置得像演出舞台的濃縮版，例如授權音樂劇《搖滾芭比》直接把半台車搬到劇場一樓大廳，布置好看又浮誇！中小劇場則不一定會有拍照區，視製作公司及演出場地而定。

（二）宣傳多變化

製作公司為了吸引更多觀眾進場，並吸引觀眾二刷、三刷，常會推出期間限定的謝幕日（謝幕可拍攝）、各種名目的折扣優惠等；中小劇場更是時不時推出各種宣傳活動，例如集點卡（集點可換演員拍立得、演出實況 OST 等）、期間限定贈送明信片、台詞票根、抽樂透、舉辦特別謝幕（謝幕後演出一首劇中歌曲，並開放拍攝），甚至是全劇線上放映，有各種宣傳花招。

六　觀劇品質極其良好

（一）觀劇狀況

除了舞台上的精彩演出，「觀眾」的行為也密切影響著觀劇品質的好壞。絕大多數的韓國音樂劇，演出期間的觀眾席是「完全安靜」，讓人能全然投入劇情。如果有人不小心發出聲響，全場觀眾的怨念絕對會淹沒那位肇事者。

除了安靜無聲，觀眾基本上都會靠著椅背，以免遮擋後排觀眾；延遲進場的狀況非常少見，也不會隨意離席；演出時不會跟人聊天，也會留意手機等電子產品不能發出聲響或光亮。此外，謝幕時全場會起立鼓掌歡呼，每每看到全場起身向台上致意的畫面，都令人感動不已！

（二）多方宣導

開演前，常可見工作人員積極宣導關手機、靠椅背等觀劇禮儀，有些是拿著告示牌移動，有些是口頭宣導，即將開演時的廣播也會再三提醒；工作人員巡視時若見到可能會影響觀劇的情況（例如可能會發光的電子錶、觀眾沒靠著椅背），也會提醒觀眾。韓國觀眾已經習慣前述的觀劇禮儀，大多能配合。觀劇品質不是只有舞台上的事，是需要台上、台下共同維護的。

七　下班路追心儀演員

（一）下班路資訊

如同歐美劇迷常說的「SD」與台灣劇迷常說的「會客」，韓國音樂劇也有這樣的文化，稱作「下班路（퇴근길）」，也就是在演出結束後，演員願意多公開與劇迷互動的時間。下班路因著不同演員會有不同的情況，常見由演員所屬公司的官方社群媒體、粉絲後援會、官咖等事先公布下班路的日期、地點與注意事項，沒有下班路也會公告。如果在演出前不知道演員有沒有事先公開下班路，而在演出結束後看到演員在跟很多劇迷互動的話，還是可以安心加入；但如果沒有任何劇迷靠近的話，這很可能就是演員的私人時間，不要上前打擾比較好唷。

（二）下班路現場

就個人目前看過的下班路，現場都很有秩序，韓國劇迷圍著演員、聽演員講話，但也會與演員保持適當的距離。有些演員在跟劇迷聊天之後，會有讓劇迷一個個排隊講話、送卡片或小禮物（需視演員是否收禮物）的時間，而是否可以簽名或拍照也都有不同的規定。演出結束之後，還能有近距離看心儀演員、甚至互動的機會，是非常珍貴的呢！

結語

韓國音樂劇演出題材創新、歌曲風格多樣，不論是哪一種故事題材、曲風的愛好者，總是能找到符合自己胃口的劇目，而演出時台上、台下共同維護出來的極佳觀劇品質，演員透過歌聲與演技牽引出的情緒渲染力，更是讓每一次的現場演出是如此獨一無二。加上演出前的各種用心宣傳、設計精緻的卡司看板與拍照區，演出後能有機會與演員互動的珍貴時光，都讓觀賞韓國音樂劇成為一種視聽與心靈的饗宴！

Leading the Way to Theater

劇場達人帶路，盤點 10 大韓國知名劇場！

撰文者｜ Daisy's Musical World

首爾地區擁有許多不同規模的劇場，地鐵惠化站的大學路一帶更是中、小型劇場林立，由於劇場分散各地，如果打算一天連看兩場音樂劇，建議事先查好劇目演出時間和劇場位置，估算趕場是否來得及。劇場通常週一休館，營業時間多配合演出，而在週一少有演出的情況，大學路上仍有劇目上演中，如果想要週一到週日，每天都看好看滿也是可以的！

音樂劇除了在首爾蓬勃發展，在釜山、大邱等地區也常有音樂劇上演，本篇將介紹十座知名的韓國劇場，每座劇場都各有特色呢！

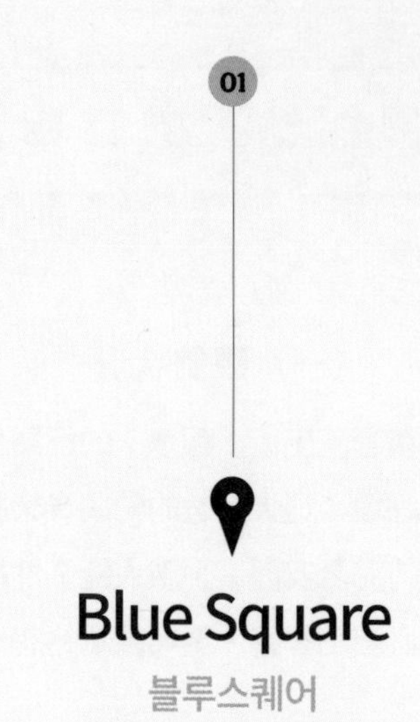

首爾特別市龍山區梨泰院路 294
서울특별시 용산구 이태원로 294

由Interpark集團旗下Interpark Theater營運的大型劇場，分有專門演出音樂劇的場館新韓卡廳（신한카드홀）與以流行音樂為主的多功能場館萬事達卡廳（마스터카드홀）。坐落於首爾地鐵漢江鎮站（六號線）二號出口旁，地鐵站內有通道可直達劇場。

新韓卡廳設有一千七百六十六席，觀眾席分三層樓；音效設計良好，可營造出聲音從四面八方傳出的環繞效果；開館作品是二〇一一年的授權音樂劇《蒙面俠蘇洛》，並曾演出原創音樂劇《瑪塔．哈里》《科學怪人》《男高音》、授權音樂劇《悲慘世界》《伊莉莎白》《魅影》（Maury Yeston 創作詞曲的作品）等。萬事達卡廳雖非音樂劇之專門演出場館，前亦曾演出授權音樂劇《高地人生》。

Blue Square 除演出場館外，還有書店、咖啡廳、餐廳等店家，常會看到音樂劇製作公司與店家合作推出活動，又韓國音樂劇迷的應援活動盛行，也有機會在店家看到滿滿的應援海報、應援小物等，進到店內看到的時候都會讓人忍不住拿起手機拍照。

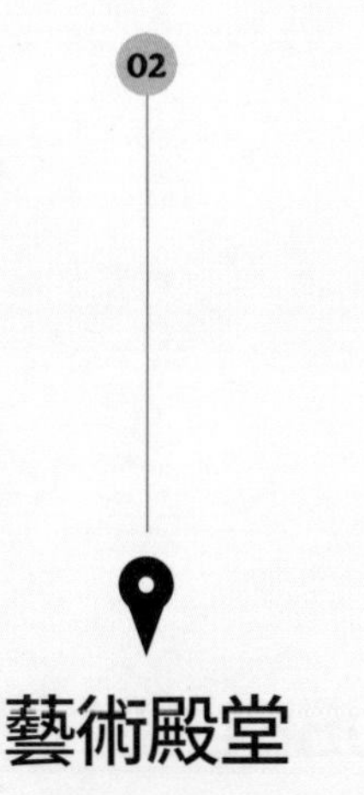

藝術殿堂

예술의전당

首爾特別市瑞草區南部循環路 2406

서울특별시 서초구 남부순환로 2406

文化體育觀光部所屬的場館，設有歌劇院、音樂廳、美術館等多種藝文空間，其中專門公演的歌劇院分有歌劇劇場（오페라 극장）、CJ 土月劇場（CJ 토월극장）、自由小劇場（자유 소극장），演出類型多樣，包含歌劇、芭蕾舞、音樂劇等。

歌劇劇場共兩千兩百八十三席，觀眾席分四層，四樓視野太過居高臨下遠眺舞台，較易與演出產生距離感；曾演出原創音樂劇《笑面人》、授權音樂劇《蝴蝶夢》等。而 CJ 土月劇場僅有一千零四席，觀眾席分三層，規模較歌劇劇場小，也因此坐哪裡都不會太遠；曾演出原創音樂劇《與神同行——陰曹地府篇》、授權音樂劇《四月是你的謊言》等。

藝術殿堂離首爾地鐵站有好一段距離，在南部客運站（三號線）五號出口出來後尚需步行約十五分鐘，且附近有另一站名相近的高速巴士客運站（同在三號線），第一次去的人很容易搞混站名而下錯站，建議去藝術殿堂需要預留多一些行走時間，並留意車站名喔！

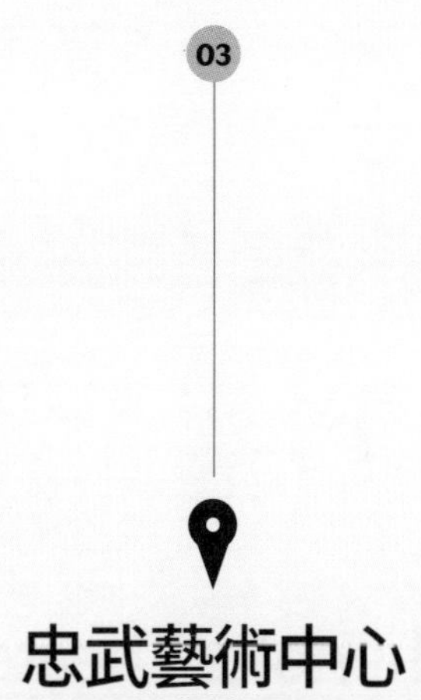

忠武藝術中心

충무아트센터

首爾特別市中區退溪路 387

서울특별시 중구 퇴계로 387

由中區文化財團營運，由於朝鮮王朝名將李舜臣將軍出生於中區廳管轄的仁峴洞，為紀念將軍，故以其諡號「忠武」命名。

忠武藝術中心分有三個不同規模的場館：大劇場（대극장）、中劇場 Black（중극장 블랙）、小劇場 Blue（소극장 블루），舉行古典音樂、音樂劇、戲劇等多種演出。

大劇場設有一千兩百五十席，觀眾席分三層，音場甚佳，座位的高低差也設計良好；曾演出授權音樂劇《基督山恩仇記》《親愛的艾文．漢森》等；二〇一四年為慶祝開館十週年，忠武藝術中心自製原創音樂劇《科學怪人》並於大劇場上演，該劇在第八屆韓國音樂劇大獎上榮獲九項大獎。而中劇場 Black 共三百二十五席，為突出的圓形舞台，觀眾席只有六、七排，座席是圍繞著舞台的圓弧形設計，大幅縮短了座席與舞台之間的距離，不管坐哪裡都非常近，曾演出原創音樂劇《小王子》《星際信使》等。

忠武藝術中心鄰近首爾地鐵新堂站（二、六號線），六號線的九號出口出來後，直直往前走約兩分鐘就可抵達，非常方便。

Charlotte Theater

샤롯데씨어터

首爾特別市松坡區奧林匹克路 240

서울특별시 송파구 올림픽로 240

由樂天集團旗下樂天文化產業（Lotte Cultureworks）營運的大型劇場，是韓國第一座音樂劇專用劇場，劇場外觀是中世紀歐式建築，看來富麗堂皇。

Charlotte Theater 設有一千兩百三十席，觀眾席僅兩層樓，觀眾席與舞台的距離為韓國劇場中最靠近的，設計十分優秀，一樓最後一排距離舞台只有二十三公尺，二樓最後一排距離舞台也只有二十八公尺，不論坐在哪個位子都不會離舞台太遠，坐二樓也能看到台上演員的神情，觀劇體驗非常好！曾演出授權音樂劇《搖滾芭比》《變身怪醫》《德古拉》（Frank Wildhorn 作曲版本）等。

位在首爾地鐵蠶室站（二號線）三號出口旁，交通非常便利。唯一需要特別留意的是如何從三號出口走到劇場，不熟路況的人可能會繞路許久。通過地鐵匣口後，建議沿著三號出口的標示一路直走到底，之後會看到右側有電梯可以搭乘（附近也有樓梯），搭到地面層後是樂天飯店，走出飯店大門就可看到右前方的劇場囉。

D-CUBE LINK 藝術中心

디큐브 링크아트센터

首爾特別市九老區京仁路 662

서울특별시 구로구 경인로 662

由韓國能源巨頭——大成建造的大型劇場，舞台與觀眾席的距離設計、劇場規模均與 Charlotte Theater 相似，設有一千兩百三十四席，觀眾席僅分兩層樓，觀眾席最後一排與舞台距離僅有二十八公尺，縱使坐最後一排也不會太遙遠。個人第一次去這個劇場是坐在倒數第二排，視野好到讓人無比驚豔！可以看得蠻清楚，完全不會覺得在看米粒，而且音場也很棒！

開館作品是二〇一一年的授權音樂劇《媽媽咪呀！》，還曾演出授權音樂劇《舞動人生》《瑪蒂達》《芝加哥》《開膛手傑克》、原創音樂劇《沙漏》《光化門戀歌》（點唱機音樂劇）等。

坐落在首爾地鐵新道林站（一、二號線）附近，二號線的五號出口出來步行約三分鐘即達，交通十分方便。劇場位在複合式藝文及商業大樓 D-CUBE CITY 的七至十樓，七樓為售票處，九、十樓分別為觀眾席一、二樓，大樓內還有百貨公司、飯店、公寓、辦公室與電影院等。

LG 藝術中心首爾

LG 아트센터 서울

首爾特別市江西區麻谷中央路 136

서울특별시 강서구 마곡중앙로 136

由 LG 蓮庵文化財團營運，分有 LG SIGNATURE 廳（LG SIGNATURE 홀）與 U+ STAGE（U+ 스테이지）兩個場館。

LG SIGNATURE 廳為大型劇場，設有一千三百三十五席，觀眾席分三層樓，是能演出歌劇、音樂劇、戲劇、芭蕾舞等的多功能表演廳；在音樂劇演出的整體體驗很棒，音場非常優秀，聲音聽來十分清亮，座席也很舒適；曾演出原創音樂劇《英雄》《賓漢》與授權音樂劇《蝴蝶夢》等。而 U+ STAGE 為最多可容納三百六十五席的黑盒子小劇場*，觀眾席分兩層樓，可根據演出的性質變換座位安排。

原位在首爾地鐵驛三站，後搬遷新建，並於二〇二二年開館。現位在首爾地鐵麻谷渡口站（九號線、機場鐵路線）九號線的三、四號出口旁，地鐵站內有通道可以直達劇場，離首爾市中心較遠，但交通仍非常便利。若是飛抵金浦機場，反倒是可以最快抵達的劇場，搭地鐵僅需約三分鐘，離仁川機場也僅約五十分鐘，均無需換線，如果想要看好看滿、一下飛機就看音樂劇，這個劇場會是非常好的選擇唷！

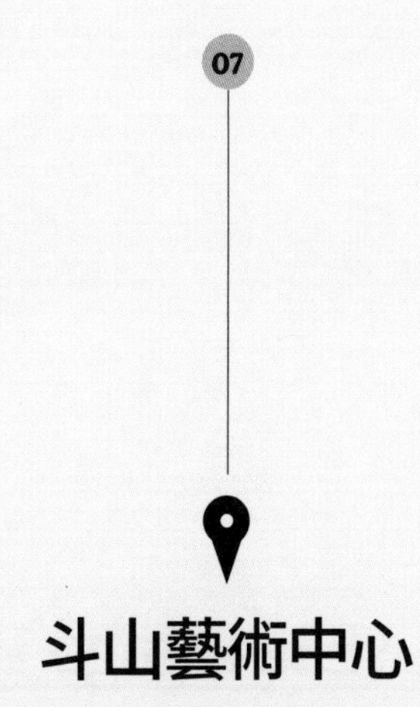

斗山藝術中心

두산아트센터

首爾特別市鐘路區鐘路 33 街 15

서울특별시 종로구 종로 33 길 15

由斗山蓮崗財團營運，分有蓮崗廳（연강홀）、Space 111、斗山畫廊（두산갤러리），舉辦音樂劇、戲劇、舞蹈等各種表演與展覽，其中蓮崗廳是設有六百二十席的中劇場，Space111 則是可變換座位的黑盒子小劇場。

蓮崗廳的觀眾席分兩層樓，觀眾席的高低差、前後排的距離設計得非常好，坐起來很舒適，而且不易被坐在前面的人擋住視線；舞台離觀眾席非常近，坐第一排的話根本是伸手就可以摸到台上演員的距離，如果舞台有架比較高的布景（例如《近乎正常》的三層樓鋼架），會建議坐至少四排以後的位子，以免看到脖子斷掉喔！觀眾席的設計呈現圓弧形，左右列較前後排長，一樓總共只有十二排，二樓也只有六排，不論坐在哪裡都能看得很清楚。曾演出原創音樂劇《福爾摩斯：安德森家的祕密》、授權音樂劇《近乎正常》《Bare The Musical》等。

至於交通方式，斗山藝術中心位在首爾地鐵鐘路 5 街站（一號線）一號出口附近，步行約一分鐘即可抵達，是很方便抵達的劇場。

YES24 Stage

예스 24 스테이지

首爾特別市鐘路區大學路 12 街 21

서울특별시 종로구 대학로 12 길 21

由 YES24 Stage Corp. 營運，分有 1、2、3 館共三個場館，主要演出音樂劇與舞台劇。1 館位於地下三樓的右側，是設有四百零六席的中型劇場，觀眾席分兩層樓，曾演出原創音樂劇《狂炎奏鳴曲》《卡拉馬助夫兄弟們》等；2 館位於地下三樓左側，是設有三百零一席的小型劇場，觀眾席分兩層樓，曾演出原創音樂劇《阿爾托，梵谷》、授權音樂劇《Thrill Me》等；3 館位於地上三樓，是設有兩百五十五席的小型劇場，觀眾席僅一層樓，曾演出原創音樂劇《埃米爾》《男孩 A》等。

由於三個場館都是中、小型的劇場，不論坐哪裡都非常近，可以非常清楚看到舞台，就算坐在靠牆的位子也不會太斜；劇場空間不大，座位稍擠了些。另外，1 館旁的洗手台在右邊數來第二個水龍頭是冬天時唯一有溫熱水的，是冬天非常重要的設置啊！

YES24 Stage 位在大學路一帶，首爾地鐵惠化站（四號線）一號出口出來後，步行約兩分鐘就可抵達，交通非常方便。附近有許多小劇場，是可以一天接連看劇的好地方。

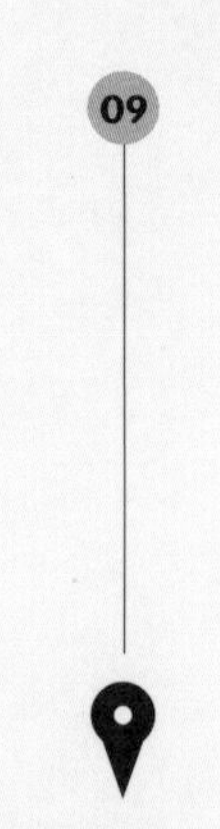

Sohyang Theatre 新韓卡廳

소향씨어터 신한카드홀

釜山廣域市海雲台區 Centum 中央路 55

부산광역시 해운대구 센텀중앙로 55

由 Interpark 集團旗下 Interpark Theater 營運的大型劇場（首爾 Blue Square 也是由 Interpark Theater 營運），常舉行音樂劇（包含兒童音樂劇）、歌劇、舞台劇、演唱會、舞蹈等各種演出。

Sohyang Theatre 新韓卡廳設有一千一百三十四席，觀眾席分兩層樓，觀眾席前排有三排 OP 席（可拆卸座椅的樂池席），舞台前端與 OP 席第一排的距離非常近，如果是坐在一樓前半部排數的話，都能比較近距離看到演出，坐在第九排（加上 OP 席排數的話實際為第十二排）也能有很棒的觀劇視野，但如果是坐在二樓，觀劇時依然會有些距離感；這裡曾演出原創音樂劇《拉赫曼尼諾夫》《女神正在看》、授權音樂劇《變身怪醫》《愛與謀殺的紳士指南》等。

至於交通方式，Sohyang Theatre 新韓卡廳位在釜山地鐵 Centum City 站（二號線）附近，六號出口出來後直走約十分鐘可以抵達，雖然離地鐵站有一小段距離，但依然是交通便利的劇場。

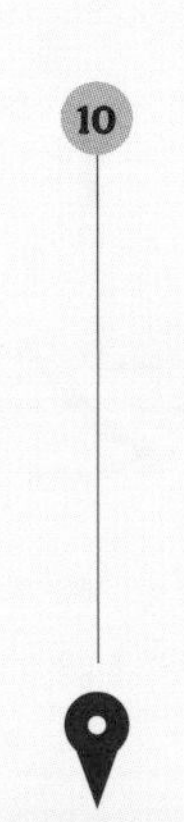

10

啟明藝術中心

계명아트센터

大邱廣域市達西區達句伐大路 1095

대구광역시 달서구 달구벌대로 1095

隸屬於啟明大學，常舉行歌劇、音樂劇、芭蕾舞等各類演出，是大邱主要的音樂劇演出劇場之一。

啟明藝術中心外觀是充滿復古風的紅磚瓦建築，是設有一千九百五十四席的大型劇場，分三層樓，一樓觀眾席離舞台有些距離，第一排坐起來不像第一排（前方還有四排 OP 席），比較像第六、七排的視野，但前、後排座位的高低差做得非常好，完全不會被坐在前面的觀眾擋住視線，需要特別注意的是，觀眾席的橫列設計較寬，如果是坐兩側區域，容易產生部分視線死角；這裡曾演出原創音樂劇《明成皇后》《新興武官學校》、授權音樂劇《悲慘世界》《死亡筆記本》等。

位在大邱地鐵啟明大站（二號線）附近，七號出口出來後直走約三分鐘就能抵達，交通非常方便。啟明藝術中心就在啟明大學城西校區內，校內有許多古色古香的韓屋和歐式建築，還是《花樣男子》等許多韓劇的拍攝地，來到這裡欣賞音樂劇的時候，也可以多留點時間逛逛美麗的校園唷！

結語

除了前面介紹的劇場之外，首爾的世宗文化會館（세종문화회관）、弘益大大學路藝術中心（홍익대대학로아트센터）、光林藝術中心（광림아트센터）、Plus Theater（플러스씨어터）、釜山的 Dream Theater（드림씨어터）、大邱的大邱歌劇院（대구오페라하우스）、光州的光州藝術殿堂（광주예술의전당）等，也都是十分知名的演出場地，韓國的劇場實在是不勝枚舉，到韓國旅遊的時候，不妨安排幾場音樂劇演出，親自感受韓國劇場的美好吧！

* 黑盒子劇場（Black Box Theater）：以黑色為基調的開放式空間，沒有固定的觀眾席座位、舞台大小及面向（例如雙面舞台、環形舞台），可視演出需求靈活變換，演出規模小而親密，例如台灣的國家兩廳院實驗劇場、國立臺灣師範大學知音劇場、臺中國家歌劇院小劇場、高雄駁二正港小劇場均為黑盒子劇場。

韓國大學路實景

第一次買票就上手！快來展開你的音樂劇之旅

撰文者｜ Daisy's Musical World

想體驗看看韓國音樂劇的現場演出魅力，卻不知道可以在哪裡買票、如何取票、事前該做什麼準備、如果需要退票怎麼辦、如何查詢啟售日和卡司場次、怎樣可以買到比較划算的票、想買的位子會不會坐起來視野太偏或太遠……本篇分有售票網站、線上購票教學等六大主題介紹，還收錄常見的購票相關韓文單字，讓大家第一次買票就上手！

01 售票網站

（一）韓國各大售票網站有哪些？

韓國音樂劇以在 Interpark Ticket（인터파크 티켓）售票為最大宗，其他常見網站還有 YES24 TICKET（예스 24 티켓）、Ticketlink（티켓링크）、Melon Ticket（멜론 티켓），有些劇場和製作公司的官網也會開放售票，例如原創音樂劇《凡爾賽玫瑰》二〇二四首演版有在忠武藝術中心官網售票、授權音樂劇《愛與謀殺的紳士指南》二〇二四演出版有在製作公司 SHOWNOTE 官網售票；有些演出會劃分不同區塊的座位在多個售票網上販售，有些則是獨家販售，例如原創音樂劇《蘭雪》二〇二四演出版只在 YES24 TICKET 販售。

此外，電商平台 WeMakePrice（위메프）也有自己的售票平台「W 公演 TICKET（W 공연티켓）」，常會看到低到很可怕的折扣！例如授權音樂劇《親愛的艾文·漢森》二〇二四首演版釜山場打六五折、原創音樂劇《尋找金鐘旭》二〇二四演出版打兩折。

（二）海外劇迷適用哪些網站？

由於在韓國售票平台購票都需要實名制，而且需要擁有韓國手機號碼才能認證，所以基本上只有韓國人或是長期居住在韓國的外國人才能擁有門號並註冊網站購票；至於海外劇迷，有 Interpark Ticket、YES24 TICKET、Ticketlink、Melon Ticket 這四大網站的國際版可以使用（YES24 TICKET 是英文介面，其他都有中文介面），WeMakePrice 的 W 公演 TICKET 雖然也有國際版 WEMAKEPRICE TICKET，但該國際版是以販售演唱會門票為主。

熱門的音樂劇基本上在國際版網站都可以看到，至於沒有開國際版的演出，可能是開比較慢，沒有跟韓國版同步，也有可能是製作公司沒有打算要開。遇到這種狀況，可以試著寄 email 到國際版售票網的客服信箱詢問看看，或是直接詢問製作公司（可以傳訊息到製作公司的 Instagram、X 等官方社群媒體），只是這兩種方法都需要看對方會不會回覆，有遇過客服、製作公司願意回覆的情況，也有遇過不讀不回。

雖然海外劇迷只能使用國際版售票網購票，很多韓國版的優惠活動都不能跟，甚至會遇到演出沒有開國際版，但整體來說，買韓國音樂劇的門票依然非常方便，至少海外劇迷大多時候都可以自己買到票。

02 線上購票教學

（一）註冊帳號／登入

首次使用國際版售票網需要先註冊帳號才能購票，註冊通常會以電子信箱驗證，之後輸入姓名和其他個人資料即可。需要特別留意的是，人工取票有時會查驗身分，建議註冊的姓名一定要跟護照上的英文拼音一模一樣。擁有帳號後，登入售票網就能開始購票！

（二）選擇劇目

除了 Melon Ticket 國際版沒有分類，在首頁可以先點選音樂劇類別，會比較快找到劇目。國際版的劇目多以英文標示，有時會無法順利找到想看的演出，例如原創音樂劇《俠客外傳》在 Ticketlink 國際版上顯示的劇名是《ON THE ROAD》，可能會無法直接聯想到原劇名，建議可以先在韓國版售票網以原劇名「협객외전」查詢，確認劇目的海報圖示，再與國際版的圖示比對。

選擇好劇目之後，除 Interpark Ticket 以外的三個國際版網站，都可以直接點選預約按鈕，接著選擇場次及座位。Interpark Ticket 國際版為了禁止不正當買賣，在二〇二四年七月起實施音樂劇與演唱會門票的實名及人臉認證，線上購票手續費也由三千韓元漲至八千韓元。在認證實施之後首次購票，原本的預約按鈕會顯示「僅限認證會員（Verified Member Only）」，點此即可進行認證。認證需使用手機，只需認證一次，無需每次購票都進行。

認證流程：

1. 點選「僅限認證會員（Verified Member Only）」後，點選「開始認證」。
2. 輸入代碼，系統會將代碼寄至註冊帳號時的電子信箱。
3. 選擇證件（即護照）簽發國家。
4. 以手機鏡頭拍攝實體護照的個人資訊頁面，進行實名認證。
5. 確認網頁顯示的護照個人資訊，如有錯誤可編輯。
6. 以手機鏡頭拍攝自己的臉部，進行人臉認證。
7. 等候約十五分鐘，審核通過後即可點選預約按鈕進行購票。

（三）選擇場次及座位

點選想看的場次，包含日期及時間。畫面跳轉進座位圖後，部分國際版會有驗證設定，雖然 Melon Ticket 的驗證碼可以選擇之後再輸入，但建議一律先輸入驗證碼，以免看到想買的位子但搶輸。座位圖會以不同顏色區分票價，灰色座位代表已被購買或不開放購買，有顏色的座位才可以購買。

（四）選擇價格

國際版很少能看到優惠，而在 Melon Ticket、Ticketlink 比較有機會看到優惠，如果同一部劇在多個售票網上販售，當然要選有優惠的網站買！需要特別留意的是，不是所有看到的優惠都可以選，例如六折優惠券、再觀覽優惠，現場取票時需提供證明資料，但早鳥優惠、平日午場優惠是可以安心點選的。

（五）結帳

輸入手機號碼等資訊，並勾選同意向第三方提供訊息等事項，都勾選同意之後才能結帳。線上付款主要以信用卡結帳，有些可選擇 PayPal 結帳，購票成功後會收到 email 通知，也可以在網站內的個人主頁查詢。

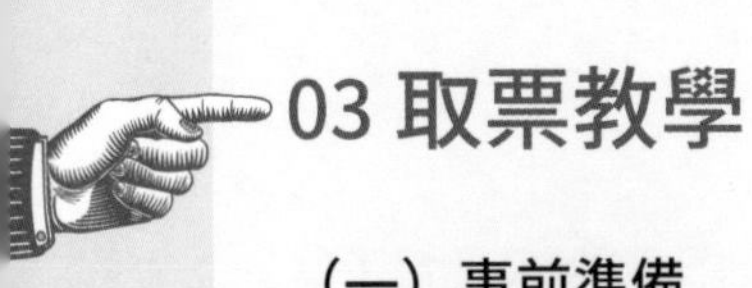

03 取票教學

（一）事前準備

在國際版售票網完成購票後，統一都是現場取票。有些是人工取票，有些則是機器取票，建議事前都先準備好購票成功的頁面截圖（包含姓名、手機號碼、預約號碼等資訊），而如果是人工取票，也要記得攜帶護照和購票時的信用卡，現場取票會比較順利。

通常開演前一小時或一個半小時會開放現場取票，建議至少提早四十分鐘到劇場，時間較為充裕。開演前其實有好多事情要做：取票、寄物（有些劇場可以寄物，需否出示劇票則視劇場有不同規定）、購買周邊產品，還有美美的卡司看板和拍照區可以拍照！

（二）人工取票

首先需要選對窗口，如果劇場分有不同場館，需要留意售票處上標示的場館名稱是否正確，有些劇場的不同場館售票處很靠近，一不小心就可能排錯地方。此外，售票處上方都會有預約取票、現場販售等不同標示，如果分在不同售票網販售，現場售票處的標示可能也會分有不同售票網站的名稱，如果排錯取票隊伍就要重排。

如前所述，韓國購票都是實名制，人工取票的時候把護照和購票時的信用卡帶在身上最保險，工作人員有時候會抽驗。個人目前有遇過需要出示護照的情況，也曾被抽考生日和手機後四碼。

（三）機器取票

自助取票的機台通常出現在大劇場，操作介面很簡單，有些機台還有英文甚至中文介面，而其實只要會一點韓文，直接操作韓文版也是可以的。先選擇預約號碼的按鈕，預約號碼會先是一個英文字母，之後都是數字，依序輸入即可，輸入完畢後確認資訊，就可印出票券，幾個動作就可以完成，花不到兩分鐘就能拿到票。

自助機器取票不會有被抽驗或被抽考的情況，但如果是第一次看演出，觀看前其實也不會知道該演出到底是人工還是機器取票，所以依然建議前面提到的護照、信用卡都備妥會比較好。

04 退票教學

（一）退票規定

線上購票的時候都會有退票時間及費用的告示，韓國劇票的退票很方便，分有以下好幾段退票期間，退票手續費分為零至百分之三十，到演出前一天都還有機會退票。

1. 訂票當日韓國時間晚上十二點前（即台灣時間晚上十一點前）退票，不扣退票手續費，訂票手續費（依不同售票網收取不同費用）也會一併退回；跨國刷卡手續費則依不同信用卡有不同規定，有些會在退票的時候一併退還，有些則不會。
2. 訂票後七日內退票，不扣退票手續費，只會扣訂票手續費；但如果是演出日前九日退票，則依前九日的標準扣退票手續費（如4至6點）。
3. 演出日前十日退票，扣退票手續費四千韓元，是低於票價的百分之十，並扣訂票手續費。
4. 演出日前七日退票，扣票價百分之十做為退票手續費，並扣訂票手續費。
5. 演出日前三日退票，扣票價百分之二十做為退票手續費，並扣訂票手續費。
6. 演出日前一日退票，扣票價百分之三十做為退票手續費，並扣訂票手續費；依「最後退票日」（即演出日前一日）是否在「星期六」，退票「時間點」也有所不同，最後退票日的時間點通常是在韓國時間下午五點前，但最後退票日如果是星期六，則退票時間點會是韓國時間上午十一點前。

購票成功的 email 和售票網內個人主頁的票券，都會直接顯示可退票期間的日期，如果有退票打算的話，不用一天天計算哪一天之前退票是扣多少錢，只要注意在顯示的「日期」及「時間點」之前退票就可以囉！

（二）退票流程

退票只需要簡單幾個步驟就能完成：登入售票網帳號，在個人主頁找到想退票的訂單，點進去之後，勾選要退票的位子，按下申請退票的按鈕即可。

在確定退票之前，系統會顯示扣取的費用及退回的款項供確認。如果一張訂單購買兩張以上的票券，也可以選擇部分退票，不用全部退。強烈建議退票前再三確認退票資訊，如果不小心退錯張真的欲哭無淚！退票成功之後會有 email 通知，在售票網內的個人主頁也可以查到資料。

* 在演出日前幾日「當日訂票並當日退票」，是否「不扣退票手續費，訂票手續費也會一併退回」，視售票網而有不同。目前經驗是演出日前兩日在 YES24 TICKET、Melon Ticket 訂票，並同日退票，可「不扣退票手續費，訂票手續費也會一併退回」，而 Interpark Ticket 則需「扣票價百分之三十做為退票手續費，並扣訂票手續費」。

05 現場購票教學

（一）現場購票優缺點

國際版售票網較少開放優惠，海外劇迷常只能以原價購票，購買的票券一多，價差累積起來非常可觀。如果想看的演出在較常提供優惠的 Melon Ticket、Ticketlink 國際版都沒有開，或是只有開部分的話，現場購票也是個選擇！

演出本身有哪些優惠，可以在韓文版售票網上看到，每部演出的優惠方案不一樣。比較常會用到的優惠有：再觀覽優惠（拿之前看同一部演出的票根有優惠）、平日午場優惠，偶爾也會看到首爾行優惠（拿機票或韓國其他地區到首爾的車票有優惠），甚至如果看過同一製作公司的其他演出，都有機會拿票根打折！優惠從七折到九折都有，可以省下不少費用。

此外，如果是票房沒有很好的演出，現場也有機會買到跳樓大拍賣的價格，個人曾經以兩萬韓元現場購入小劇場音樂劇票券，該演出原價六萬六千韓元，約打了三折，還外加可以省下線上購票手續費以及跨國刷卡手續費！

當然，現場購票有優點，也有風險。選擇現場購票的前提是要不在意座位，以及可能會有完售的情況。此外，如果是要賭看看會不會出現現場特價，也有可能會遇到依然是原價的情況喔。

（二）事前準備

有些劇場不收現金、只能刷卡付款，海外卡有時候又會刷卡失敗，所以強烈建議至少準備兩張以上的信用卡，然後也準備一張韓國提供外國旅客使用的 WOWPASS 卡最保險。WOWPASS 卡是有簽帳金融卡功能的多功能消費卡，因為是韓國國內發行的卡，不用擔心刷卡失敗。此外，建議先想好想買的優先票區，以及備案票區，以免現場買的時候猶豫太久。

（三）購票流程

通常開演前一小時或一個半小時會開放現場購票，只要用簡單的韓文或英文告知想買的票區，工作人員會以不同方式提供剩下座位的票圖，有些是直接把電腦螢幕轉向購買者，有些是拿出紙本票圖，有畫顏色的位子是空位。選好座位之後，工作人員會告知票價，並會提醒演出即將開演，購買後無法退票。

06 場次及座位查詢

（一）卡司場次與票圖

由於演出期間常多達兩、三個月，場次會分段售票，開演前一個半月至一個月左右，在製作公司的社群媒體、韓文版售票網站會公布啟售日、卡司場次等資訊，而票圖通常只公布在製作公司的社群媒體，又如果臨時必須更換卡司，甚至必須取消演出，在製作公司的社群媒體會最先看到，所以如果想要獲得第一手消息，追蹤製作公司的社群媒體是最快的。

啟售日有時會分搶先購票及一般售票，通常是售票網付費會員、劇場或製作公司官網會員才能搶先購票；如果劇票在不同售票網販售，票圖會再細分票區座位圖及售票處座位圖：

1. 票區座位圖

以不同顏色標示 OP 席、VIP 席、R 席、S 席、A 席、輪椅席等，票價由高至低為 VIP 席＞ R 席＞ S 席＞ A 席；OP 席票價常與 VIP 席或 R 席一樣；票區視場地訂定，例如斗山藝術中心蓮崗廳是中劇場，較常見分有 R 席、S 席兩個票區。

2. 售票處座位圖

如果分有兩個以上的售票網，就會有售票處座位圖，以不同顏色標示在不同售票網上販售的座位區塊，例如授權音樂劇《搖滾芭比》二〇二四年演出版分別在 Interpark Ticket、Melon Ticket、Charlotte Theater（劇場官網）、SHOWNOTE（製作公司官網）四個地方售票，售票處座位圖上就會有四種不同顏色標示。

（二）座位視野

常常買到座位之後卻不知道座位視野好不好，尤其是同一場買了兩張以上，不知道該留哪一張的時候會很煩惱，這時候就會很想知道座位視野，或是他人的觀劇經驗，以下分享個人常用的三種查詢方式：

1. 劇迷貼文

個人最常用的就是直接上網搜尋關鍵字，查詢韓國劇迷的分享貼文，常可以找到好幾篇分享文，可以看到座位視野照片、心得，且許多貼文都會清楚標示觀眾席樓層及座位號碼，例如想知道 Blue Square 新韓卡廳二樓座位的視野，可以搜尋韓文關鍵字：블루스퀘어 신한카드홀（Blue Square 新韓卡廳）、2층（二樓）、시야（視野）。

2. 官網

有些劇場官網的座位圖，在前後左右好幾個不同定點的座位上，有相機小圖示或是不同顏色標示等方式，點下去會有該座位的視野照片，例如忠武藝術中心、YES24 Stage 的官網都有這樣的服務。

3.SeeYa!（시야）

SeeYa! 是一個劇場座位視野心得的分享網站，網站名稱取得非常巧妙，就是韓文視野（시야）的發音。在 SeeYa! 上查詢劇場名稱，就可以看到該劇場的座位圖上有不同顏色，是以顏色標示座位視野的好壞，深綠色最好，紅色最差。直接點特定座位，可以看到劇迷分享對於視野、座位、燈光、音響的星等評分，以及對該座位的體驗心得。

* 以上資訊皆為二〇二四年七月資料，後續若更新功能以官方平台為主。

結語

韓國音樂劇不論是買票、取票，還是退票都非常簡單，雖然海外劇迷無法註冊韓文版售票網，但幾個主要的售票網站都設有國際版供外國人使用，幾個步驟就能順利買到票，非常方便。如果已經鎖定好想看的音樂劇演出，只要查好卡司場次、點開國際版售票網訂票，就可以展開音樂劇之旅囉！

撰文者簡介｜ Daisy's Musical World

經營 FB、IG「Daisy's Musical World」，喜愛各國語言音樂劇，也喜愛分享音樂劇相關心得及資訊，近年沉迷於韓國音樂劇及台灣音樂劇。

實用韓文單字

01 창작 뮤지컬 原創音樂劇
02 라이선스 뮤지컬（license musical） 授權音樂劇
03 오픈런（open run）長期演出
04 빈무대 空舞台
05 촬영 가능／불가 可以／不可拍攝
06 캐스팅 스케줄（casting schedule） 卡司場次表
07 첫공（첫 공연） 初公（首場公演）
08 막공（마지막 공연） 末公（末場公演）
09 마티네（matinée） 午場
10 회차 場次
11 조기예매 할인 早鳥優惠
12 재관람 할인 再觀覽優惠、重複觀賞優惠
13 커튼콜 데이（curtain call day） 謝幕日
14 티켓 오픈（ticket open） 票券啟售
15 단독 판매 獨家販售
16 현장 판매 現場販售
17 전석 매진 完售
18 예매 수수료 預訂手續費
19 취소 수수료 取消手續費
20 예매 티켓 수령 領取預訂票券

02

인물

FIGURES

韓國音樂劇演員實力堅強，本章節將帶你認識 20 位韓國音樂劇演員，含括擁有豐富音樂劇演出經歷的資深演員，以及偶像轉戰到音樂劇的優秀藝人，透過這 20 篇文章，一一了解這些演員的演出經歷與故事。

01

李姃垠

此為李姃垠在音樂劇《洗衣》（빨래）的造型。

在觀眾看來，李姃垠（이정은）是天生的演員，卻鮮少人知曉她甫出道就迎來挫折。1991年以舞台劇《仲夏夜之夢》出道，由於鏡頭恐懼症而轉到幕後工作，事隔9年才演出電影《不朽的名作》。直到2008年加入韓國代表性原創音樂劇《洗衣》飾演奶奶，終於迎來她重返演員之路的轉捩點。

觀眾或許叫不出她的名字，但一定在哪部戲或電影裡看過她的臉，或至少認出她就是電影《寄生上流》裡深受雇主信任的專業女管家。2019年出演《寄生上流》時，李姃垠屆齡50歲、出道28年，演過的電視劇及電影合計超過60部。台灣觀眾熟悉的《嫉妒的化身》《三流之路》《陽光先生》《山茶花開時》《我們的藍調時光》等劇、《軍艦島》《我只是個計程車司機》等電影都能找到李姃垠的身影。

李姃垠如此豐富的演員履歷，是用她不被記得的名字交換來的。她扮演的多數角色都是「無名氏」，她以某某人的妻子、媽媽、姑姑、阿姨，或是鄰居大嬸、婦女會會長、路邊攤老闆等身分，成為推動劇情、襯托主角的最強綠葉。

如今，年過半百的李姃垠，終於將名字放到宣傳海報上的主要角色，2022年她在電影《女影人生》首次擔任女主角，多年的配角經驗成為李姃垠最厚實的基礎，更駕輕就熟詮釋愁雲慘霧的中年女性生活。

(02)

曹承佑

此為曹承佑在音樂劇《變身怪醫》（지킬 앤 하이드）的造型。

2000 年，年僅 20 歲的曹承佑（조승우）演員登上大銀幕，《春香傳》是他歷經「千中選一」的高競爭率才擔當主角的作品，也是韓國影史上首部入圍坎城影展的電影。雖然華麗地揭開演員生涯，但出演電影並不是曹承佑的夢想，國中時觀看《唐吉軻德》而立志成為音樂劇演員，在電影出道的同年，他走上了小舞台，演出音樂劇《結拜兄弟》，從此沉醉於舞台劇。

同時遊走於電影和音樂劇的韓國演員並不多，曹承佑大放異彩的速度更是令人嘖嘖稱奇。2004 年他主演的電影《下流人生》在威尼斯影展上映、音樂劇《變身怪醫》引發「曹承佑症候群」，被認為是韓國音樂劇快速大眾化的催化劑，並藉此拿下音樂劇大賞〈最佳男主角獎〉。隔年，曹承佑飾演自閉症田徑選手，以電影《馬拉松小子》奪得大鐘賞、百想藝術大賞雙影帝。

曹承佑很快成為家喻戶曉的演員，被媒體稱作「音樂劇之王」，票房成績亮眼、橫掃各類獎項在在應證了他的演技。直到 2012 年，曹承佑才終於接下電視劇《馬醫》，第一次挑戰小螢幕就是長達 50 集的歷史劇，而他也不負眾望獲得 MBC 演技大賞〈最佳男演員獎〉。後來，將他推上「視帝」寶座的，則是2017 年的律政劇《秘密森林》。至此，曹承佑在電影、音樂劇和電視劇皆獲得最高殊榮，被譽為「韓國大眾文化的核心」。

03

申成祿

此為申成祿在音樂劇《德古拉》（드라큘라）的造型。

2013年，在《來自星星的你》裡飾演反派、被觀眾恨得牙癢癢而聲名大噪的，就是申成祿（**신성록**），這是他演員生涯的重要轉捩點，也是開啟他「反派專門戶」的契機。2002年，申成祿透過電視劇《射星》出道，陸續出演音樂劇《Moskito》、電影《我一生中最美的一週》等作品，成為三棲演員。

申成祿初嚐走紅滋味，是2006年在韓國超過百萬觀看人次、也曾經登台演出的原創音樂劇《尋找金鐘旭》擔任男主角，爾後他的戲路拓展，開始在影劇裡飾演重要角色。雖然未必擔任男主角，但申成祿的存在感始終鮮明，例如他在《皇后的品格》中以「渣帝」一角展現反轉魅力，在《醫法刑事》則飾演讓人摸不著頭緒的神秘男子。

出道超過20年，光是音樂劇就出演超過40檔，電視劇、電影合計超過30部，再跨足廣播和綜藝節目，申成祿是忠於本業、但也擅長斜槓的演員。然而，他的演員路並非一路順遂，申成祿也曾因為身高近190公分而錯失《搖滾芭比》主演的機會。

但最讓申成祿感到打擊的，是反派角色被觀眾戲稱像是「KakaoTalk 狗狗貼圖」，這讓他在綜藝節目上為自己抱不平，認為原本用心揣摩的壞蛋形象就此崩壞，這樣的結果讓他啼笑皆非。

04

曹政奭

此為曹政奭在音樂劇《搖滾芭比》（헤드윅）的造型。

曹政奭，用歌喉和演技在韓國影視圈寫下新紀錄的男人，2004年以音樂劇《胡桃鉗》出道，32歲那年（2012年）在電影《建築學概論》初試啼聲就一舉拿下青龍電影獎〈最佳新人男演員賞〉，開啟了他影視雙棲的演藝生涯。2021年，曹政奭以歌手身分在金唱片賞、流行音樂大獎MAMA抱走〈最佳OST賞〉，證明了歌唱也是他手到擒來的基本功。

父親放到名字裡的「奭」字，寄託了兒子為國家做大事的期待，雖然沒有走向政治的道路，曹政奭也沒讓父親失望。「把每一件事情做到最好」的原則成了多角發展的曹政奭信奉的哲學，這樣的精神除了能在他所扮演的所有角色裡找到，也能從他演過最多次的音樂劇角色《搖滾芭比》海德薇格看出端倪——濃妝艷抹的女裝扮相並不難，如何演出海德薇格跨性別者的身分、用歌唱表達悲憤的幽微心境，才是這個角色不簡單的地方。

如果對曹政奭（조정석）的好奇心僅止於「他的名字要怎麼唸」（編按：指中文「奭」此字）的話，那就太可惜了。許多韓劇韓影觀眾都熟悉曹政奭的身影，即使沒特別關注，也總能想到幾個他的代表角色，可能是《機智醫生生活》裡那個用吸管插鼻孔的搞笑醫生，也可能是《嫉妒的化身》中去做乳房檢查的那個男主播，又或者是和少女時代的潤娥一起演災難電影的那個人。

05

田美都

此為田美都在音樂劇《也許是美好結局》（어쩌면 해피 엔딩）的造型。

比起本名，或許大家更熟悉「蔡頌和」這個名字，因為她是《機智醫生生活》五人幫裡唯一的女性，亦是主演當中唯一新鮮的臉孔。2006 年透過音樂劇《Mr. Mouse》出道，2020 年出演《機智醫生生活》為止，田美都（**전미도**）憑藉 14 年的演員經歷，成功讓「頌和」從陌生到深植人心。

許多觀眾以為《機智醫生生活》是田美都的第一部電視劇作品，回頭複習 2018 年的《Mother》時才發現，與孫錫久對戲、從聲音到指尖都能細膩表現害怕顫抖的「宛熙媽媽」就是田美都。這才是她首次跨足電視圈，短短幾分鐘的戲分，便足以讓觀眾記住這個全身都在表現恐懼的演員。

蔡頌和醫生是對歌唱一竅不通、卻覬覦樂團主唱的音癡，但田美都卻是縱橫音樂劇舞台、擁有絕佳嗓音的演員。如果想檢驗她的歌唱實力，只需打開《機智醫生生活》電視劇原聲帶，收聽「Mido and Falasol」的歌曲即可。導演自然沒浪費她的專長，讓無法在戲劇裡美聲獻唱的美都，透過 OST 一圓主唱之夢。

雖然田美都在電視劇扮演的角色屈指可數，但她在小劇場的多年耕耘，累積高達 40 檔的音樂劇及話劇演出，包含多次搬演的《也許是美好結局》《齊瓦哥醫生》等劇。憑藉《機醫》走紅之後，她仍不忘音樂劇的魅力，在 2022 年投入《瘋狂理髮師》，再次飾演 2017 年讓她拿下韓國音樂劇大賞〈最佳女主角獎〉的樂芙特太太。

06

郭善英

此為郭善英在音樂劇《我、娜塔莎和白驢》（나와 나타샤와 흰 당나귀）的造型。

電視劇《機智醫生生活》裡到底有多少音樂劇出身的演員呢？郭善英（**곽선영**）也是其中一個，和田美都、安恩真相同，比起本名，也許「李翊純」「金雋媗的女友」或「李翊晙妹妹」更加有名。

從 2006 年透過《Dalgona》出道，參與《尋找金鐘旭》《洗衣》《搖滾莫札特》等多部知名音樂劇，到 2017 年出演電視劇《致親愛的法官大人》為止，郭善英已累積 10 年、超過 20 檔舞台演出的資歷。

當大家都以為音樂劇是郭善英的演員起點，高中時加入話劇部才是她站上舞台的契機，她也在專訪中透露自己其實是想成為話劇演員，也不諱言出演電視劇之後，產生了成為電影演員的渴望。並非抱持著出名的渴望，「想成為演技好的人」才是推進郭善英持續前進的原動力，而她也確實一步一步成為理想的樣子。

在《機智醫生生活》之後，2022 年她拿到了第一個女主角劇本《明星經紀人生存記》，2024 年再以《碰撞搜查線》創下 ENA 史上第二高收視，不僅圓滿了 2017 年專訪中想飾演警察的期待，在電視圈穩定的耕耘亦讓「演員郭善英」逐漸於大眾視野中閃耀，而她的「忠武路夢想」也即將透過出演河正宇執導的電影《Lobby》達成。

07

姜河那

此為姜河那在音樂劇《新興武官學校》（신흥무관학교）的造型。

2006 年，年僅 16 歲、還在就讀高中的姜河那（강하늘）便以音樂劇《天體鐘》在小劇場圈出道，隔年通過試鏡、出演電視劇《最強我媽媽》正式開始演員活動，2011 年以古裝電影《亂世水滸傳》跨足電影圈。

姜河那出道得早，作品自然也多，出道 18 年已出演超過 10 檔音樂劇、18 部電影及 20 齣電視劇。最能凸顯他的勤奮多產是 2015 年，2 個月內三部出演的電影上映，而獲得「**하늘소**」（天牛）的稱號。——結合他的名字「**하늘**」及象徵勤奮的「**소**」（牛），意旨他如同牛一般孜孜不倦。當年他也憑藉《二十行不行》被提名大鐘賞及青龍電影賞的〈最佳新人男演員〉。

「天牛」勤奮且努力，因為姜河那未曾練過唱歌，演出音樂劇確實是挑戰，因此他總是「糾纏」音樂總監，只求在歌唱實力上有所進步。2012 年以前他幾乎每年都登上音樂劇舞台，證明了他的唱技獲得了認可。姜河那和池昌旭在 2010 年合作音樂劇《Thrill Me》，每場演出平均要接吻 2 到 3 次，成為彼此演藝生涯裡「最難忘的演員」。

在音樂劇、電影界大放異采還不夠，姜河那在電視圈表現一樣出色。靠著《繼承者們》《未生》成為大勢演員，2019 年再憑藉電視劇《山茶花開時》，以 29 歲之齡拿下百想藝術大賞〈男子最優秀演技獎〉，成為百想首位 1990 年之後出生的視帝。

08

池昌旭

此為池昌旭在音樂劇《那些日子》（그날들）的造型。

池昌旭以演員之姿進入大眾視野，是 2009 年的《松藥局的兒子們》及 2010 年他所主演的日日劇《笑吧！東海》，皆創下超過 40% 收視率。2013 年再以《奇皇后》元順帝「妥懽」一角，覆蓋大眾只記得「東海」的印象，以「池昌旭」之名站穩一線演員的地位。他也是著名多變且多產的演員，從 2008 年正式出道至今，已經拍攝超過 20 部電視劇、參與 10 部以上電影的演出。

池昌旭（지창욱）是資優生出身，成績一直保持在前 3 名之列，曾被老師認證進入韓國 SKY 名流大學是絕對沒有問題的。但因為對演戲產生了興趣，所以選擇進入檀國大學戲劇電影系就讀。大學期間、20 歲時透過「火與冰」舉辦的第一屆獨幕劇慶典進入音樂劇的世界，隔年（2008）便以電影《睡美人》及電視劇《我被你迷倒了》正式出道。

即使投入了影劇圈，池昌始終醉心於音樂劇，曾在訪談中透露：「電影、音樂劇、電影的本質是一樣的，就是演技。」卻深受音樂劇在演出時「可以不停找尋角色」的魅力吸引，也喜歡站在舞台上聽到觀眾啜泣、歡笑的聲音。2013 年出演《那些日子》後，藉「武英」一角奪得音樂劇大賞〈男子新演員獎〉，「武英」也是池昌旭演出最多次的音樂劇角色。

09

金宣虎

此為金宣虎在音樂劇《Touching the Void》（터칭 더 보이드）的造型。

31 歲才涉足電視圈，戴著笨拙大眼鏡飾演職場菜鳥，陌生於金宣虎（김선호）經歷的觀眾，可能會吃驚他「大齡新人」的身分，也會好奇導演從哪裡挖來這塊璞玉？

以電視劇《金科長》出道的金宣虎，早已在大學路劇場磨練超過八年。2009 年以舞台劇《New Boeing Boeing》的花花公子聖基一角開啟演員生涯，直到 2017 年才正式進軍小螢幕，並以《我的鬼神搭檔》拿下 MBC 演技大賞〈男子新人〉及〈月火劇優秀演技〉雙獎，證明多年累積的實力。

很快地，金宣虎的演員生涯開始走花路。透過《百日的郎君》證明自己也能駕馭古裝劇，再憑藉《Start-Up ：我的新創時代》裡癡心絕對的「智平」一角爆紅。2021 年，總是輕鬆刷著瀏海、小漁村的萬事通「洪班長」終於成為他最廣為人知的角色。

如果有機會近距離欣賞金宣虎的舞台劇演出，便能預料到他的細緻演技和渲染力，就是在無法喊「卡！」的小舞台上反覆打磨出來的。小小的劇場不僅是他演員的起點，也是他東山再起的轉機，經歷緋聞糾紛沉寂一年後，2022 年的回歸之作便是舞台劇《Touching the Void》。

走過低谷，金宣虎重新上路並期待走得更遠。2023 年順利大銀幕出道，在電影《貴公子》飾演冷血搞笑的親切殺手，再次以 38 歲的「大齡新人」來勢洶洶，奪得大鐘賞「最佳新人男演員獎」。

⑩

安恩真

此為安恩真在音樂劇《Black Mary Poppins》（블랙 메리 포핀스）的造型。

和「蔡頌和」的處境很類似，託《機智醫生生活》的福，比起「安恩真」（안은진）這個名字，或許「秋敏荷」更廣為人知。不過，安恩真很快用演技扭轉大眾印象。2012年以音樂劇《少年維特的煩惱》開啟演員生涯，2018年投身電視圈、直到2021年拿到第一個正規電視劇《只一人》主角劇本為止，累積超過10年的經歷，她完美消化了正義警察、菜鳥醫生、單親媽媽、冷血女性等截然不同的角色。

2023年的《戀人》絕對是安恩真的轉捩點。從選角宣布開始就爭議不斷，最後以動人演技平息爭議，安恩真靠著《戀人》成為知名演員。即使一度沉重壓力而想要逃跑，最終仍以「結束後一定會有所成長」勉勵自己，完美詮釋吉彩姑娘的樂觀堅毅。

觀眾會因為角色的強大力量而獲得鼓舞支持，演員也一樣。安恩真回顧《戀人》開拍前的不明病痛，在終映後她也隨著吉彩姑娘成長而痊癒、更加堅強，並獲得男主角南宮珉的高度評價：「光是恩真哭泣的表情，我至少就看過300種。」「如果恩真沒有成為大紅大紫的演員，我會生氣的。」

安恩真也是迷妹，從小學開始追g.o.d，女團舞蹈也是信手捻來。她說：「追星就是生活的動力，能讓日子變得與眾不同。」在綜藝節目《劉Quiz》裡手舞足蹈談論著搶票、規劃演唱會行程、致力追求有趣生活的安恩真，是否更讓人感受到入坑的魅力呢？

⑪

玉珠鉉

此為玉珠鉉在音樂劇《Marie Antoinette》（마리 앙투아네트）的造型。

韓國「一世代」偶像Fin.K.L成員玉珠鉉（옥주현）可以說是轉戰音樂劇最成功的代表，自 2005 年音樂劇出道後，將近 20 年的時間內出演 40 餘部作品。玉珠鉉擁有渾厚又中氣十足的嗓音，雖然出道時曾被說「很會唱歌但演技不佳」，空有票房號召力但實力不足，遭受諸多批評，但經過一場場的磨練後，玉珠鉉以魅力嗓音與扎實演技獲得觀眾喜愛，成為人氣與實力兼具的女演員。

玉珠鉉有許多代表角色，例如《伊莉莎白》的伊莉莎白、《REBECCA》的Mrs. Danvers、《MATA HARI》的MATA HARI、《瘋狂理髮師》的Mrs.Lovett等等，在《Marie Antoinette》中，玉珠鉉飾演同名女主角Marie Antoinette（瑪莉皇后），該劇以法國大革命時期為背景，描述人們心中的「奢侈皇后」瑪莉與「平民代表」Margrid Arnaud兩個截然不同的命運與人生。而《Marie Antoinette》今年在韓國迎來10週年，玉珠鉉作為2014年首演的卡司，也特別加入10週年公演的陣容，並挑戰詮釋Margrid Arnaud一角，展現與10年前不同的面貌。

⑫

金俊秀

此為金俊秀在音樂劇《死亡筆記本》(데스노트) 的造型。

今年 37 歲的金俊秀（김준수）早年以東方神起活動，合約糾紛後現為 JYJ 成員，並在 2010 年以音樂劇《莫扎特！》正式進軍音樂劇圈，已在音樂劇耕耘 14 年左右的時間。他至今出演超過 20 部作品，累積近 900 場公演，可以說是成功從偶像轉戰音樂劇演員的最佳代表之一。

金俊秀在音樂劇界有著一定程度的地位，擔綱演出多年的經典角色，無論是在《莫扎特！》中詮釋天才莫扎特的一生、在《伊麗莎白》中畫著煙燻妝容的死神 TOD，還是《德古拉》中的德古拉伯爵，金俊秀總是勇於挑戰高難度角色，除了早已被大眾認可的歌唱實力外，演技方面也備受讚賞。另外，改編自日本漫畫的音樂劇《死亡筆記本》於 2015 年首演，在去年迎來三演安可公演，其中戲分吃重的「L」一角，自首演以來都是由金俊秀擔任，至今已演出超過 200 場，也讓他成為《死亡筆記本》的代表演員。

⑬

EXID 率智

此為率智在音樂劇《英雄》（영웅）的造型。

EXID 率智（**솔지**）以具爆發力的嗓音聞名，也是讓《蒙面歌王》從試播節目「轉正」成正規節目的最大功臣之一，堅強的歌唱實力有目共睹。有趣的是，率智不只是偶像團體主唱、選秀節目導師兼音樂劇演員，現在更升格為龍仁藝術科學大學實用音樂聲樂科的專職教授，成就十分驚人。

率智出演的音樂劇作品雖然不多，但在登場的音樂劇《英雄》中，率智飾演女主角雪熙，此角色不僅需要出色的歌唱實力，更需要展現細膩情感的演技，率智在劇中的表現獲得諸多好評。《英雄》原本是為了紀念韓國「民族英雄」安重根義士之義舉 100 週年而創作的韓國原創音樂劇，今年迎來演出 15 週年，可以說是音樂劇圈中的大作，而率智在《英雄》的演出備受讚賞，以音樂劇演員的身分獲得認可，期望接下來能出演更多作品。

14

Super Junior 圭賢

此為圭賢在音樂劇《科學怪人》（프랑켄슈타인）的造型。

說到轉戰音樂劇的偶像，許多人都會先想到Super Junior的圭賢（규현），作為Super Junior隊內3大主唱，圭賢的唱功早已受到諸多肯定，2010年首度跨界挑戰音樂劇，在知名音樂劇《三劍客》中飾演達太安一角，雖然一開始演技較為生疏受了不少苦，不過在努力練習下日益進步，並成功獲得2010年Golden Ticket Awards音樂劇新星獎。之後在《Catch Me If You Can》《擁抱太陽的月亮》《那些日子》《莫札特！》《歌劇魅影》等作品中展現穩定的唱功與精湛演技，成為偶像界音樂劇演員代表之一。

音樂劇出道至今，圭賢已出演超過10部作品，部部叫好又叫座，已成為大眾心目中的「信看音樂劇演員」。圭賢主演的音樂劇《科學怪人》在今年（2024年）迎來10週年公演，曾在2021至2022年飾演男主角之一的他，當時因為疫情可惜地結束演出，本次再度回歸飾演同個角色，也讓粉絲們相當期待他的表現。

15

SHINee 溫流

此為溫流在音樂劇《太陽之歌》（태양의 노래）的造型。

SHINee隊長溫流（온유）在團內擔任主唱，以辨識度極高的嗓音與穩定唱功獲得大眾肯定。不只在偶像本業表現出色，溫流在2010年參演音樂劇《兄弟很勇敢》，正式以音樂劇演員身分出道，當兵時也參演《新興武官學校》《歸還：那日的約定》2部陸軍音樂劇，持續在音樂劇界努力耕耘。

而說到溫流的音樂劇代表作，絕對非《太陽之歌》莫屬了！《太陽之歌》是一部以海邊為背景的音樂劇，生活在海邊的女主角海娜患有罕見皮膚疾病，平時不能被陽光照射，某日與喜歡衝浪的男孩河藍相遇，兩人譜出浪漫的夏日戀愛故事。溫流在2021、2022年連續2年出演《太陽之歌》，並與DAY6元弼、NU'EST白虎、GOT7榮宰等人輪流飾演男主河藍一角，「全明星陣容」公開後立刻引起廣大討論。不過當時因為COVID-19疫情肆虐，導致許多海外觀眾無法到場欣賞，主辦單位也特別開設線上直播，讓海內外的粉絲都能欣賞他們的精彩演出。

(16)

2AM 趙權

此為趙權在音樂劇《人人都在談論傑米》（제이미）的造型。

「美聲團體」2AM 隊長趙權（조권）能歌善舞，曾在 2012 年推出的歌曲〈Animal〉中穿上高跟鞋表演，在當時引起熱議。2014 年，趙權出演以變裝皇后為主題的音樂劇《沙漠妖姬》，在傳統且保守的韓國社會受到諸多批評，不過他不畏流言蜚語，在 2020 年接演音樂劇《人人都在談論傑米》，此故事改編自一位英國少年傑米的真實經歷，傑米自小就有著成為變裝皇后的夢想，即使成長過程中受到欺凌與歧視仍然勇敢追夢，寫實且勵志的劇情相當賺人熱淚，趙權在劇中的表現獲得各方肯定，傑米也成為他的人生角色之一。

趙權的人生態度體現在他的作品中，這些作品不只鼓舞世人，也給了他自己勇氣。出道以來一直被性別認同問題困擾的趙權，不願受傳統兩性束縛，在 2020 年京鄉新聞的專訪中首度公開自身為「無性別者」，並期許大家都能夠愛自己、做自己。

17

f(x) Luna

此為 Luna 在音樂劇《REBECCA》（레베카）的造型。

擁有爆發力十足嗓音的 Luna（루나）是女團 f(x) 的主唱，堅強的歌唱實力讓他在歌唱節目《蒙面歌王》大放異彩，並成為 1 代與 2 代歌王。Luna 在 2011 年參與音樂劇《金髮尤物》的演出後，陸續出演《Coyote Ugly》《歌舞青春》《School OZ》《In The Heights》等作品，並在 f(x) 團體活動暫停後將重心轉往音樂劇界，更在 2022年以《KPOP》登上百老匯舞台，相當不容易！

在 Luna 出演過的作品中，最具代表性的就是《REBECCA》。改編自英國小說的《REBECCA》是相當知名的音樂劇，劇情描述一名英國紳士 Maxim de Winter 在妻子 Rebbcca 意外過世後，偶然遇見一位年輕女子「我（Ich）」，兩人墜入愛河並結婚，但當「我（Ich）」成為 de Winter 夫人後，卻發現一切跟他所想的不同，並揭開隱藏在莊園背後的祕密。Luna 在劇中飾演女主角「我（Ich）」，由於本劇是以「我」的第一人稱敘述，因此這個角色既是主角也是旁白，相當具有挑戰性，Luna 在劇中的表現令人讚賞。

18

HIGHLIGHT 梁耀燮

此為梁耀燮在音樂劇《Something Rotten!》（썸씽로튼）的造型。

HIGHLIGHT 成員梁耀燮（양요섭）在隊內擔任第一主唱，擁有獨特的嗓音與如魚得水的真假音轉換功力，唱功受到各界讚賞，自 2011 年跨足音樂劇界後，參與過《光化門戀歌》《Zorro》《羅賓漢》《灰姑娘》等作品演出，2017 年首度參與大型音樂劇《那些日子》，該劇屬於「點唱機音樂劇（Jukebox Musical）」，以韓國已故歌手金光石的歌曲貫穿整部作品，劇情則是描述在青瓦台警護處發生的消失事件。

除了《那些日子》，梁耀燮在 2021 至 2022 年間主演《Something Rotten!》，該劇是百老匯授權音樂劇，韓國版則將部分內容改為符合韓國人才能理解的「內梗」，故事設定在 1595 年，圍繞著 Nick 跟 Nigel 兩兄弟展開，他們在劇場界努力奮鬥，卻因同時代的莎士比亞的極高人氣而面臨競爭。梁耀燮在劇中飾演男主角 Nick，被觀眾稱讚「無論是歌聲還是演技都很棒」，與同劇演員間的默契十足。不過自從《Something Rotten!》後，梁耀燮就沒有再出演音樂劇，不少粉絲也敲碗他能夠回歸啊！

19

INFINITE 金聖圭

此為金聖圭在音樂劇《王者之劍》（엑스칼리버）的造型。

在INFINITE擔任主唱以及隊長的金聖圭（김성규），辨識度極高的嗓音可說是「INFINITE歌曲浮水印」，除了團體發展外，金聖圭同時也是一名solo歌手，並在2012年參演音樂劇《光化門戀歌》，正式以音樂劇演員身分活動。金聖圭10多年來出演超過10部音樂劇，其中《光化門戀歌》更是各出演三次，除了作品本身知名度高，金聖圭的演出也備受認可。

在這麼多的作品中，《王者之劍》是絕不能漏掉的！金聖圭在2022年作為安可場卡司加入，與金俊秀、VIXX KEN一同詮釋男主角亞瑟，在劇中細膩且自然地詮釋痛苦、悲傷等情感，展現作為音樂劇演員的歌唱實力與演技表現。而今年（2024年）金聖圭也將回歸音樂劇，主演迎來首演10週年的作品《長靴妖姬》，這也是他第三次飾演男主角查理，看到聖圭穿上高跟鞋自信與美麗的模樣，讓粉絲都相當期待。

20

BTOB 徐恩光

此為徐恩光在音樂劇《三劍客》（삼총사）的造型。

有「比格豆」之稱的 BTOB 不只綜藝感十足，成員們的唱歌實力更是備受讚賞，其中隊長徐恩光（서은광）音域廣、歌聲富有感染力，被讚賞擁有「天使般的嗓音」，是偶像界的實力派唱將代表之一。2012 年出道的徐恩光，在隔年隨即參演音樂劇《基督山伯爵》，正式跨界成為音樂劇演員，在連續出演《光化門戀歌 2》《蔬菜店的小夥子》兩部音樂劇後，中間約四年的時間沒有出演作品，直到 2017 年以《哈姆雷特》一作重返音樂劇界，並在 2018 年交出音樂劇生涯代表作之一《三劍客》。

改編自法國知名作家大仲馬同名小說，故事描述在 17 世紀的法國，青年達太安離鄉背井並加入火槍隊（法國皇家衛隊）的故事。徐恩光在《三劍客》中與前輩嚴基俊、孫昊永共同飾演男主角達太安，在劇中有相當吃重的戲分，徐恩光本人受訪時曾表示，在參演這部作品的期間受到嚴基俊與孫昊永前輩的大力指導，他感到非常榮幸與感激，而徐恩光也在一次次的表演中持續進步，現在已成為偶像中的音樂劇演員代表之一。

撰文者簡介｜ B 編

B 編，射手座 A 型，出版業打滾中的多重身分人，立志成為出版界的迷妹第一把交椅，曾任出版社編輯及行銷企劃，唯一不變的身分是「編笑編哭」經營者。喜歡韓劇、韓影、韓食和 K-POP，偶爾寫寫文章宣揚這些東西。

撰文者簡介｜ Mandy

喜歡 K-Pop、韓國偶像 15 年的女子，從二代團到四代團偶像都有關注，目前正在努力進修韓文，希望能夠介紹更多韓國偶像、文化給大家。

03

관점

VIEW

韓國音樂劇通常分為授權劇與原創劇，授權劇是購買海外音樂劇版權並引進韓國；原創劇則是完全由韓國創作，版權為韓國擁有。本章節將介紹 7 部原創劇與 5 部授權劇，這些作品在韓國票房表現皆不俗，書內將帶你認識這些作品的故事背景，並練習以韓文了解這些迷人的作品。

01 창작 뮤지컬 '빨래'

原創音樂劇《洗衣》

작품 소개 作品介紹 01

한국 창작 뮤지컬 '빨래'는 뮤지컬 제작사 씨에이치수박이 제작하고, 극본, 작사 및 연출에 추민주, 작곡에 민찬홍이 참여해 2005 년 초연됐다. 2009 년부터 오픈런 방식으로 오랫동안 대학로에서 공연을 이어왔다. 초연 10 주년을 맞이한 2015 년에는 누적[1] 공연 횟수 3000 회, 누적 관객 수 50 만 명을 돌파하는 기록을 세웠다. 공연 시간도 90 분이었던 초연과는 달리 인터미션[2] 15 분을 포함해 160 분으로 대폭 길어졌고, 초연 당시 7 곡에 불과했던 뮤지컬 삽입곡[3] 도 18 곡으로 늘어났다. 더불어 한국인들의 사랑을 받아온 이 뮤지컬은 해외에도 진출했다. 일본과 중국에서 뮤지컬 판권을 사들여[4] 일본어 버전[5] 과 중국어 버전이 무대에 오르는가 하면 2016 년에는 중국에서 초청 공연의 막이 오르기[6] 도 했다.

㈜씨에이치수박

韓國原創音樂劇《洗衣》由製作公司 Ch Soobak 製作，秋民主擔任編劇、作詞及導演，閔燦泓作曲，於 2005 年首演。2009 年開始以 Open Run 的形式長期在大學路演出至今，於 2015 年適逢該劇首演 10 週年紀念，已演出超過 3000 場，創下 50 萬人次觀看紀錄，演出時間也從首演的 90 分鐘大幅增加到 160 分鐘（含中場休息 15 分鐘），插曲則從首演只有的 7 首增加到 18 首歌。除了受到韓國觀眾喜愛，本劇也進軍海外，日本和中國先後取得授權製作日語版與中文版，也曾在 2016 年受邀至中國演出。

'빨래'는 각본을 쓴 추민주 연출의 서울 생활에 대한 심정[7] 을 담아낸[8] 작품이다. 강원도에서 상경해[9] 서울 생활 5 년 차에 접어들[10] 었지만 아무 것도 이루지 못한 나영과 몽골 출신 불법 이주[11] 노동자 청년 솔롱고는 옥상에서 우연히 마주친 뒤 조금씩 가까워진다. 하지만 얼마 지나지 않아 두 사람 모두 인생의 위기에 직면하게[12] 된다. 서점에서 일하는 나영은 부당 해고를 당한 친구를 돕기 위해 발 벗고 나섰다가 사장으로부터 처벌을 받는다. 동시에 솔롱고 역시 임금 체불 문제로 인해 월세를 낼 수 없는 상황 등에 부딪힌다.

《洗衣》是編劇暨導演秋民主對首爾生活有感而發，而寫下的作品。故事圍繞在從江原道來到首爾已經第 5 年，仍一事無成的娜英，和來自蒙古的非法移工青年 Solongos 之間，無意間在頂樓相遇的兩人逐漸親近起來，但是沒多久，兩人都各自遭遇人生危機，在書局上班的娜英挺身而出幫助被不當解僱的朋友，卻因此被老闆處罰，而同時 Solongos 也遇到拖欠工資繳不出房租等問題。

이웃집 아주머니와 집주인은 일이 잘 풀리지 않아 집에서 울고 있는 나영을 보게 된다. 이들은 빨래를 하면서 자신들의 인생 이야기를 나영에게 들려주며, 더 부단히[13] 노력해서 살아남는다면 마치 젖은 빨래가 마른 것과 같이 슬픔에 가득 찬 눈물도 말라버릴 것이라고 위로한다. 이 말을 들은 나영은 힘을 얻게 되고 눈물을 닦으면서 새로운 내일을 맞이할 거라는 희망을 품게 된다.

鄰居媽媽和房東見到因工作不順回家大哭的娜英，便一邊洗衣服一邊講述自己的人生故事給娜英聽，並安慰她就像洗好的濕衣服會晾乾一樣，悲傷的眼淚也會乾涸，不斷努力就能撐過去，娜英聽到後獲得了力量，抹去淚水，懷抱著希望面對嶄新的明天。

'빨래'는 '김종욱 찾기'와 같이 대학로에서 20 년 가까이 인기를 누린[14] 오픈런 소극장 작품이다. 홍광호, 김재범, 정문성, 이규형, 김경수, 홍지희, 박지연 등 유명 뮤지컬 배우들이 이 작품에 출연했다. 주목되는 점은 영화 '기생충'으로 하룻밤 사이 인기몰이를 한 배우 이정은은 이 뮤지컬에서 여주인 역을 맡으면서 명성[15] 을 얻기 시작했다. 기생충의 메가폰을 잡[16] 은 봉준호 감독은 뮤지컬 '빨래'를 보고 이정은을 캐스팅한 것으로 알려졌다.

《洗衣》和《尋找金鐘旭》一樣，都是在大學路演出近 20 年人氣仍屹立不搖的 Open Run 小劇場作品，洪光鎬、金宰範、丁文晟、李奎炯、金京壽、洪智熙、朴知研等知名音樂劇演員都演出過這部作品。值得一提的是，因電影《寄生上流》一夕爆紅的李姃垠，飾演劇中女房東角色多年並累積名氣，電影《寄生上流》的導演奉俊昊也是因為觀看音樂劇《洗衣》才選上李姃垠。

01 누적 (累積) : 累積
02 인터미션 (intermission) : 休息時間
03 삽입곡 (揷入曲) : 插曲
04 사들이다 : 買入、購入
05 버전 (version) : 版本
06 막이 오르다 : 開幕、開始
07 심정 (心情) : 心情、心境
08 담아내다 : 盛裝；反映
09 상경 (上京) 하다 : 到首爾
10 접어들다 : 走入、進入
11 이주 (移住) : 移居
12 직면 (直面) 하다 : 面對、面臨
13 부단 (不斷) 히 : 不斷地
14 인기 (人氣) 를 누리다 : 享有人氣
15 명성 (名聲) : 名聲、名氣
16 메가폰 (megaphone) 을 잡다 : 擔任導演、執導

V1았다가/었다가 V2

文法說明：

하나의 동작 (V1) 이 완전히 끝난 뒤에 다른 동작 (V2) 으로 전환함을 나타낸다 . 일부 상황에서 어떠한 행동을 하는 과정에서 의도와 달리 다른 일이 일어났다는 것을 표현할 때 사용한다 .

一個動作（V1）完全結束後，轉換到另一個動作（V2）。在某些情況下，會用來表達在進行某行動的過程中，發生了與預料不同的其他事情。

例句：

회사에 갔다가 몸이 갑자기 안 좋아져서 집에 일찍 돌아왔어요 .
去了公司後突然身體不舒服，所以提早回來了。

뮤지컬 티켓을 샀다가 부득이하게 환불했어요 .
買了音樂劇的票，但卻不得已退款了。

하루의 피로와 고민을 말끔히 씻어 주는 힐링 뮤지컬
洗去一天疲憊與煩惱的療癒音樂劇 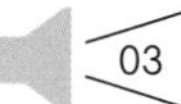

한국 창작 뮤지컬 '빨래'는 연출 본인의 이야기이자, 많은 이들이 살아가면서 마주하게 되는 이야기이기도 하다. 꿈을 갖고 있지만 현실로 인해 꿈을 이룰 수 없는 청년들, 부당한 처우를 당하는 외국인 이주노동자, 40 년 넘게 신체적, 정신적 장애를 지닌 딸을 보살펴 온 집주인 할머니를 비롯해 제 1 막 마지막 부분에 출연하는 빗속을 운전하는 버스 기사, 학업에 시달리는[1] 학생들, 아이를 안고 있는 엄마, 신입사원, 무시당하는 이주노동자 등 다들 꿈을 갖고 있고, 그들만의 어려움이 있다.

韓國原創音樂劇《洗衣》是導演的自身故事，也是許多人生活中會遇到的故事，懷抱夢想卻因現實而無法實現的年輕人、遭受不公平待遇的外籍移工、照顧身心障礙女兒逾 40 年的房東奶奶，以及劇中第 1 幕最後一段在雨中開車的公車司機、課業繁重的學生、抱著小孩的媽媽、新人上班族、被漠視的移工等，每個人都抱著夢想，也都有自己的苦衷。

고달픈[2] 삶을 마주한다는 것은 구불구불한[3] 도로 위의 흔들리는 버스에서 꿈을 좇는 것과 같다. 꿈은 현실 앞에서 이루기 힘들기 때문에 사람들은 고독[4] 과 공허함을 느끼면서 버스에서 내린 뒤 우산 하나를 펼치며 비바람[5] 을 겨우 막아내고 번잡한[6] 현실에서 잠시나마 피하려고 한다. 이는 곧 우리의 현실 곳곳에서 펼쳐지는 풍경이자 절대 낯설지 않은 우리의 일상이라고 할 수 있다.

面對艱難的生活，就像在曲折道路上搖晃的公車裡追逐夢想。在現實面前，夢想總是遙不可及，人們懷抱孤獨和空虛的心情下了公車，撐著一把勉強能遮風避雨的傘，暫時躲避現實的紛紛擾擾，這些是我們現實生活中隨處可見的景象，也可以說這就是我們的日常，大家絕對不陌生。

'빨래'는 도시 속 서민의 이야기를 그렸다는 점에서 쉽게 공감대[7] 를 형성한다. 뿐만 아니라 현실의 고된[8] 이야기도 보여주고 동시에 현실의 압박감에서 지친 관객들마저 위로한다. 뮤지컬 삽입곡 '빨래'의 가사처럼 관중에게 현실의 걱정과 괴로움을 잠시 잊고 삶의 희망과 용기를 불어넣어[9] 주는 것이 이 뮤지컬의 가장 큰 매력이다.

就因為《洗衣》講述的是市井小民的故事，所以容易獲得共鳴，但除了講述現實的艱辛外，它同時也為因現實壓力而疲憊不堪的觀眾帶來慰藉。如同劇中插曲〈洗衣〉的歌詞，讓觀眾暫時忘卻現實的煩悶，為大家帶來生活的希望與勇氣，是這部劇最大的魅力。

"난 빨래를 하면서 얼룩[10] 같은 어제를 지우고 먼지 같은 오늘을 털어내고[11] 주름진[12] 내일을 다려요[13]. 잘 다려진 내일을 걸치고 오늘을 살아요."
「我一邊洗衣，一邊抹去如污漬般的昨天，拂去如灰塵般的今天，燙平充滿皺褶的明天，將燙平的明天懸掛好，好好活在當下。」

이 뮤지컬은 유명 뮤지컬 배우 홍광호도 매우 좋아하는 작품이기도 하다. 그는 2009 년 공연에서 솔롱고 역할을 맡은 뒤 같은 해 '오페라의 유령', '지킬 앤 하이드', '노트르담 드 파리', '맨 오브 라 만차', '데스노트', '스위니 토드', '물랑루즈' 등 대극장 작품에 출연했다. 그가 2014 년 '미스 사이공'에 출연하기 위해 영국 런던으로 향한 점은 주목할 만하다. 이듬해 '데스노트'는 그의 귀국 작품이 되었고, 약 반년 동안 휴식기를 거쳐 2016 년 다시 '빨래'를 통해 대학로 소극장으로 복귀했다. 모두 그가 왜 200 석 남짓한[14] 소극장으로 돌아왔는지 의아해했다[15]. 그는 이에 대해 영국에서 활동하는 기간에 솔롱고의 심정을 더욱 깊이 이해하게 되었기 때문이라며 다시 솔롱고의 역할을 연기하고 싶었다고 토로했다[16]. 당시 그는 제작사가 티켓값을 인상하거나 무대를 대형 극장으로 옮기지 않기를 바랐다. 결국 좌석 200 여 석의 극장에서 막이 올랐고, 그의 공연은 3 분도 채 되지 않아 매진됐다.
韓國知名音樂劇演員洪光鎬也非常喜歡這部作品，他在 2009 年於劇中飾演 Solongos 這個角色後，於同年接演了《歌劇魅影》，隨後演出《變身怪醫》《鐘樓怪人》《夢幻騎士》《死亡筆記本》《瘋狂理髮師》及《紅磨坊》等大劇場作品。值得一提的是，洪光鎬於 2014 年赴英國倫敦參與《西貢小姐》演出，在隔年以《死亡筆記本》作為他的韓國回歸作品，之後休息約半年，於 2016 年再次演出《洗衣》回歸大學路小劇場。大家都好奇他為何會回到 200 多個座位的小劇場，他表示在英國工作的期間，更加理解了 Solongos 的心情，因此想再演出這個角色。當時他還希望製作公司不要抬高票價或搬到大劇場演出。最後該劇在 200 多個座位的劇場開演，他的場次不到 3 分鐘便全數售罄。

01 시달리다：受折磨、煎熬
02 고달프다：（身體或處境）疲累、艱辛
03 구불구불하다：彎曲、曲折
04 고독（孤獨）：孤獨、孤單
05 비바람：風雨
06 번잡（煩雜）하다：紛亂、繁亂、煩雜
07 공감대（共感帶）：共鳴、共識
08 고（苦）되다：艱苦、辛苦
09 불어넣다：灌輸、注入
10 얼룩：污漬、斑點
11 털어내다：拂去
12 주름지다：起皺、長皺紋
13 다리다：熨燙、燙平
14 남짓하다：超過、餘
15 의아（疑訝）하다：詫異、驚訝
16 토로（吐露）하다：傾吐

04

N1은/는 N2이자 N3(이)다

文法說明：

주어가 두 가지의 특성을 동시에 가지고 있다는 표현이다. 다시 말해 주어 N1이 N2가 될 수 있고 N3도 될 수 있다는 의미다.

用來表達主詞同時擁有兩種特性。也就是說，主詞 N1 既可以是 N2，也可以是 N3 的意思。

例句：

이 음식점의 사장님은 20 년 전에 배우이자 가수로 왕성하게 활동했다 .

這間餐廳的老闆 20 年前是活躍的演員兼歌手。

이 책은 효율적이고 효과적으로 한국어 문법을 공부할 수 있는 도구이자 한국 대중 문화도 친절하고 자세하게 알려주는 선생님이에요 .

這本書既是能有效學習韓語文法的工具，也是能親切且詳細告訴你韓國大眾文化的老師。

02 창작 뮤지컬 '김종욱 찾기'
原創音樂劇《尋找金鐘旭》

작품 소개 作品介紹 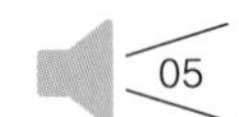

주식회사 네오

한국 창작 뮤지컬 '김종욱 찾기'는 CJ ENM 뮤지컬과 뮤지컬 헤븐이 공동 제작했으며 2006 년에 초연됐다 . 장유정이 극본 , 작사 , 연출을 맡고 , 김혜성이 작곡을 맡았다 . 2014 년부터 오픈런 형태로 대학로에서 현재까지 공연을 이어 오고 있다 . 대만 , 중국 , 일본 등에서도 공연을 펼쳤다 .
韓國原創音樂劇《尋找金鐘旭》由 CJ ENM Musical 及 Musical Heaven 共同製作，於 2006 年首演。由張有靜（音譯）擔任編劇、作詞和導演，金慧成（音譯）作曲，從 2014 年開始以 Open Run 的形式長期在大學路演出至今，亦曾赴台灣、中國和日本演出。

뮤지컬 '김종욱 찾기'는 점쟁이[1] 로부터 스물두 살에 만난 남자가 자신의 운명을 바꿔줄 수 있다는 말을 들은 여 주인공이 그 말을 믿고 자신의 운명을 찾기 위해 인도 여행을 떠나는데 , 여행 도중에 자신을 설레게 하는 김종욱이란 남자를 만나게 되면서 벌어지는[2] 이야기를 그렸다 .
該劇講述女主角聽信算命師，說她在二十二歲遇見的男人能改變她的人生，為了尋找自己的命運前往印度旅行，在旅途中遇到了令她悸動的男人金鐘旭。

기내에서 처음 만난 그들은 네팔[3] 에서도 우연히 만나게 된다 . 여자 주인공은 운명이 알게 모르게[4] 결정됐다는 것을 느꼈음에도 운명이 그렇게 쉽게 결정되지 않고 , 만일 그가 정말 운명이라면 반드시 다시 만나게 될 것이라고 믿으면서 김종욱과의 동행을 거절한다 . 하지만 김종욱이 에베레스트[5] 에 올라갔다가 고산증으로 숙소로 복귀해 휴식을 취하고 있을 때 , 여자 주인공은 자신의 운명을 받아 들이기로 하고 김종욱과 사랑에 빠져버린다 .
在飛機上第一次相遇的他們，在尼泊爾又不期而遇。女主角雖然感受到命運冥冥之中的安排，但她相信命運沒那麼容易註定，有緣必定會再相遇，因此拒絕與金鐘旭同行。但是當金鐘旭在登上珠穆朗瑪峰，因為高山症被帶回旅館休息時，女主角決定接受命運，與金鐘旭墜入愛河。

김종욱은 여자 주인공보다 한 달 먼저 귀국한다. 귀국 전 김종욱은 한국에서 여자 주인공을 만나겠다고 약속하지만, 여자 주인공은 자신의 이름조차 김종욱에게 말해주지 않은 채 자신이 귀국할 때 공항에서 기다려 달라고 김종욱에게 요구했다. 그러면서 인연이라면 다시 만날 수 있을 것이라 믿으면서 자신의 행복을 운명에 맡기기로 한다. 여자 주인공은 한국으로 향하던 중 비행기를 놓치는 바람에 두 사람은 재회 기회를 놓치면서 영원히 연락이 끊어진다.

金鐘旭比女主角早一個月回國，他在回國前與女主角約定要在韓國相見，女主角卻連自己的名字都不告訴他，要金鐘旭在機場等她回來。她將自己的幸福交給命運，相信有緣一定會再相遇。然而女主角在回韓國的途中錯過了班機，他們從此失之交臂，永遠失去了聯繫。

7년 뒤 여자 주인공은 아버지로부터 결혼을 강요당한다[6]. 시종일관[7] 첫사랑 김종욱을 잊지 못한 여자 주인공은 이러한 아버지의 압박에 못 이겨 남자 주인공이 세운 '첫사랑 찾기 주식회사'를 통해 바다에서 바늘 찾기[8] 와도 같은 첫 사랑 찾기에 나선다.

7 年後，女主角被父親逼婚。但她始終無法忘記初戀金鐘旭，在父親的逼迫下，透過男主角成立的「尋找初戀株式會社」開始大海撈針尋找初戀。

남녀 주인공은 김종욱을 찾는 과정에서 점점 사랑이 싹튼다[9]. 하지만 어느 날 남자 주인공은 여주인공이 떨어뜨린 지갑에서 김종욱의 주민등록증을 발견하고는 여 주인공이 끝을 두려워했기 때문이었다는 것을 깨닫게 된다. 여자 주인공은 결과가 자신의 예상과 다를까 봐 두려운 나머지 고의로 항공편을 바꿔 김종욱과 연락을 끊은 것이었다. 또 7년 전 여자 주인공이 일본발[10] 한국행 티켓을 바꾸면서 그 자리를 대신하는 혜택을 본 사람은 바로 남자 주인공이었다. 이렇게 그들은 이미 7년 전부터 숙명적[11] 이었다.

男女主角在尋找金鐘旭的過程中，漸漸產生情愫，但某一天，男主角在女主角掉落的錢包中發現了金鐘旭的身分證，才發現女主角其實是因為害怕結束，害怕結果和她預期的不同，才故意更改航班，與金鐘旭斷絕聯繫。而 7 年前因為女主角更改班機才得以從日本回到韓國的人，竟然就是男主角。他們兩人的緣分 7 年前就已經註定了。

창작 뮤지컬 '김종욱 찾기'는 2006 년부터 현재까지 20 년 가까이 상연되어 오고 있다 . 오만석 , 엄기준 , 오나라 , 신성록 , 김재범 , 김종구 , 정문성 , 민우혁 , 전미도 , 김지우 , 유리아 등 수많은 유명 뮤지컬 배우들이 출연했다 .

原創音樂劇《尋找金鐘旭》從 2006 年首演迄今演出近 20 年，吳萬石、嚴基俊、吳娜拉、申成祿、金宰範、金鐘九、丁文晟、閔宇赫（音譯）、田美都、金智宇及 Yuria 等不少知名音樂劇演員都參演過這部作品。

김종욱 찾기는 지금 오픈런 형식으로 평일 3 회 공연 , 휴일 최대 4 회 공연이 열리고 있다 . 출연진 대부분이 관객이 모르는 신인 배우임에도 가볍고 재미있는 줄거리[12] 에 저렴한 푯값[13] 으로 적지 않은 학생과 커플들이 대학로에서 관람하는 최우선[14] 뮤지컬로 각광받으며 오랫동안 변함없는 인기를 누려 오고 있다 .

《尋找金鐘旭》現在為 Open Run 的形式，平日有 3 場演出，假日多達 4 場演出。卡司大多為觀眾較不熟悉的新人演員，但因為劇情輕鬆有趣、票價平價、依舊是不少學生和情侶到大學路觀劇的首選，人氣歷久不衰。

김종욱 찾기는 외국어 자막을 제공하는 몇 편 안 되는 뮤지컬 중 하나이다 . 코로나 19 대유행[15] 이전까지는 중국어 , 영어 , 일본어 통역 기계 대여[16] 서비스를 실시했으나 지금은 무대 양쪽으로 설치된 스크린에 중국어와 영어 자막이 동시에 올라와 한국어를 모르는 외국인 관객도 쉽게 한국 공연 문화를 체험할 수 있게 했다 .

《尋找金鐘旭》是少數提供外語字幕的音樂劇之一，疫情前曾經提供中、英、日文字幕機租借服務，現在則是在舞台兩側螢幕放映即時中、英文字幕，即使是不懂韓文的外國遊客，也能輕鬆體驗韓國公演文化。

01 점(占)쟁이：算命師
02 벌어지다：發生、展開
03 네팔(Nepal)：尼泊爾
04 알게 모르게：冥冥之中、不知不覺
05 에베레스트(Everest)：珠穆朗瑪峰
06 강요당(强要當)하다：被強行要求
07 시종일관(始終一貫)：始終
08 바다에서 바늘 찾기：大海撈針，亦為「서울에서 김서방 찾기」
09 싹트다：萌生；發芽
10 N+발(發)：(從某地或某時)出發
11 숙명적(宿命的)：命中注定的
12 줄거리：劇情、情節
13 푯값：票價
14 최우선(最優先)：首選、第一順位
15 대유행(大流行)：盛行、流行
16 대여(貸與)：出租、租借

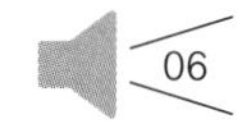
06

V1을/ㄹ까 봐 V2

文法說明：

이 문법은 일종의 원인과 결과를 나타내는 기능을 하는데, 걱정이나 두려움에 대한 원인으로 인해 이를 해결하고자 어떤 일을 했다는 결과를 나타낸다. 문장 앞 부분 V1에는 화자가 상황, 행동, 사건 등에 대한 걱정이나 두려움을 표현하고 V2에서는 이러한 걱정을 해결하기 위한 행동에 대한 내용이 뒤따른다.

表示因果關係，即由於某種原因(擔憂或恐懼)而做某種行為的結果。在句子的前半部分V1中，話者表達了對某種情況、行為或事件的擔憂或恐懼，而在V2中，則描述了解決這些擔憂的行為。

例句：

매표소에 사람이 많아서 표를 못 **살까 봐** 한 시간 일찍 출발했어요.

因為擔心售票處人多買不到票，所以提前一小時出發了。

작품 속 남자 주인공은 여자 주인공과 연락이 **끊어질까 봐** 전화 번호를 물었지만 여자 주인공은 끝내 알려 주지 않았다.

作品中的男主角因為擔心和女主角失去聯繫，詢問了她的電話號碼，但女主角最終還是沒有告訴他。

3명의 배우, 용기에 대해 해석하다
三位演員演繹出關於勇氣的故事 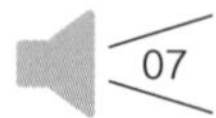

주식회사 네오

한국 창작 뮤지컬 '김종욱 찾기'는 단 3 명의 배우로만 구성된 소극장 작품이다 . 캐릭터 이름은 그 남자 , 그 여자 , 멀티맨 (Multi-Man) 으로 설정되어 남자 주인공과 여자 주인공의 이름을 밝히지 않고 배우의 실명을 남자 주인공과 여자 주인공의 이름으로 사용한다는 점이 뮤지컬의 특징이라고 할 수 있다 . OST 는 발매 당시 2006 년 초연 배우였던 엄기준 , 오나라 등이 녹음에 참여했는데 , OST 의 노래 제목에도 '기준의 첫사랑', '종욱과 나라의 Love Theme' 등과 같이 배우들의 이름이 등장했다 .

韓國原創音樂劇《尋找金鐘旭》是僅有 3 位演員組成的小劇場作品。角色名稱分別是那男人、那女人及多角人，未替男女主角命名，而是使用演員本名當作男女主角的名字，是這部劇的特色。當初發行 OST 是由 2006 年首演演員嚴基俊及吳娜拉等人參與錄音，曲目名稱甚至還出現演員的名字，例如：〈基俊的初戀〉、〈鐘旭和娜拉的 Love Theme〉等。

뮤지컬의 또 다른 특징으로는 세 번째 캐릭터 '멀티맨'이 뮤지컬에서 여자 주인공의 군인 아버지 , 택시 기사 , 점쟁이 , 현지 인도인 여행 안내자 , DJ 에서 남자 주인공의 여자 친구 , 여자 집주인 , 여승무원[1] 에 이르기[2] 까지성별과 연령을 넘나들며 20 가지가 넘는 캐릭터를 연기한다 . 멀티맨의 다양한 외모 변화만큼이나 다양한 표정 연기 등은 관객들의 시선을 사로잡으며 미소를 자아낸다[3].

本劇另一個特色是第三個角色「多角人」在劇中，從女主角的軍人父親、計程車司機、算命師、印度當地導遊、DJ，到男主角的女朋友、女房東及空姐，一人飾演超過 20 個角色，角色橫跨男女、超越年齡。大幅度的造型變化及多樣的表情演技，除了吸引觀眾目光外，也令人會心一笑。

눈여겨볼[4] 점은 멀티맨은 원래 뮤지컬 '김종욱 찾기'의 캐릭터 이름이었지만 , 현재 멀티맨은 한 배우가 여러 역할을 맡는다는 의미로 변해서 일각에서는 김종욱 찾기를 '멀티맨 찾기'라고 부르기도 한다는 것이다. 김종욱 찾기에서 멀티맨을 등장시키면서 멀티맨은 소극장에서 자주 접할 수 있는 콘셉트가 되었고, 심지어 일부 관중들은 멀티맨을 보기 위해 뮤지컬 티켓을 구매하기도 한다.

值得一提的是，多角人原為《尋找金鐘旭》劇中的角色名，現在已成為一人分飾多角的代名詞，甚至有人稱這部劇為《尋找多角人》。從《尋找金鐘旭》開始，多角人成為小劇場常見的設定，甚至有觀眾是為了觀看多角人而購票入場。

사실 소극장은 제작비의 한계로 인해 배우들의 수가 근본적으로 많지 않기 때문에 배우들은 동시에 여러 캐릭터를 연기해야 한다. 적절하게 멀티맨을 활용할 경우 제작비를 절감할[5] 수 있을 뿐만 아니라 웃음과 놀라움을 관중에게 선사할[6] 수 있기 때문에 자원이 제한된 환경에서 멀티맨의 등장은 공연에 대한 흥미는 물론 흡입력[7] 까지 대폭 끌어올려 준다.

其實小劇場因為製作成本限制，演員人數本來就不多，演員需要同時扮演不同角色。適當地運用多角人，不僅能節省製作費用，亦能帶給觀眾歡笑與驚喜，在資源有限的環境下，大幅提升演出的趣味性和吸引力。

뮤지컬 '김종욱 찾기'는 얼핏[8] 보면 첫사랑을 찾는 낭만적인 러브스토리로 보이지만 사실은 운명을 믿지 않는 주인공이 용기가 부족해 그 결과가 자기의 예상과 다를까 봐 두려워하는 이야기다. 뮤지컬은 자신이 운명을 믿는다는 것을 핑계로 주변의 인연을 피하다 마음을 연 후에 인연을 알게 될지언정 그것을 잡아야만 그것이 운명이 되는 기회가 될 수 있다는 것을 시사한다[9]. 경쾌하고[10] 유쾌하고 평범한 사랑을 그린 것처럼 보이는 이 뮤지컬은 인생의 진리와 참뜻[11] 을 담고 있기에 어쩌면 대학로에서 오랫동안 인기를 누려올 수 있었을 것이다.

《尋找金鐘旭》乍看之下是尋找初戀的浪漫愛情故事，但它講述的故事，其實是女主角並非真的相信命運，只是缺乏勇氣，害怕結果與自己預期的不同。在劇中，女主角不斷以相信命運為藉口，來逃避身邊的緣分，敞開心胸後發現即使是自己找上門的緣分，也要抓伸手抓住才有機會成為命運。看似輕鬆歡樂、平凡無奇的愛情小品，卻蘊藏著人生的道理與真諦，或許是因為這樣的劇情，《尋找金鐘旭》才能在大學路歷久不衰。

또한, 이 뮤지컬은 각본 및 연출을 맡은 장유정에 의해 공유, 임수정 주연의 동명 영화로 재탄생[12] 됐다. 뮤지컬에서 여러 배우가 다양한 역할을 연기한 만큼 영화에서도 뮤지컬 역대 남자 주인공 오만석, 엄기준, 신성록, 원기준 등을 비롯해[13] 초연 여자 주인공 오나라 등이 영화에 우정 출연했다. 2010 년 개봉한 이 영화의 특별한 점이 있다면 원작이 뮤지컬 기반이었음에도 뮤지컬 영화가 아닌 일반 영화로 제작됐다는 것이고, 이 영화를 본 많은 한국인에게 인도 여행 붐[14] 을 일으킨[15] 것으로도 알려졌다[16].

另外，這部音樂劇的編劇暨導演張有靜（音譯）亦將此劇翻拍成同名電影，由孔劉及林秀晶主演。音樂劇中多角人扮演的各種角色，在電影中則由該劇歷代男主角吳萬石、嚴基俊、申成祿、元基俊等人，和初代女主角吳娜拉等人友情客串演出。電影於 2010 年上映，特別的是雖然原作是音樂劇，但此劇卻被翻拍成一般電影，並非音樂劇電影，聽說當年這部電影吸引了許多韓國人赴印度旅行。

01 여승무원 (女乘務員)：空姐
02 이르다：達到（程度、範圍等）
03 자아내다：引發、營造
04 눈여겨보다：關注、注意
05 절감 (節減) 하다：節省
06 선사 (膳賜) 하다：帶來、獻給
07 흡입력 (吸入力)：吸引力
08 얼핏：恍然、乍然
09 시사 (示唆) 하다：暗示、提示
10 경쾌 (輕快) 하다：輕鬆的
11 참뜻：真諦
12 재탄생 (再誕生)：重生；重製、翻拍
13 비롯하다：以……為代表
14 붐 (boom)：熱潮
15 일으키다：引起、挑起
16 알려지다：傳開、聞名

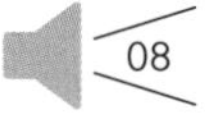

A/V1을지언정 A/V2

文法說明：

'A/V을지언정'은 두 가지 발생 가능한 조건이나 상황을 제시할 때 사용한다. 앞의 내용을 인정하거나 가정하여 뒤의 대조적인 사실을 강조함을 나타낸다. 그리고 말하는 사람이 이 문법의 앞 부분 내용에 대해 인정하지만 뒷부분의 내용(결과)은 영향을 받지 않음을 강조할 때도 사용한다.

「A/V 을지언정」用於提出兩種可能發生的條件或情況，表示承認或假設前面的內容，以強調後面對比的事實。當話者承認前半部分的內容，但強調後半部分的內容（結果）不受其影響時，也會使用這個文法。

例句：

남의 잘못을 귀로 들을지언정 절대 입으로 말하지 마세요 .
即使聽到別人的錯誤，也絕對不要口頭傳播。

누군가에게 비난을 받을지언정 용기를 내서 현재의 어려운 상황을 정면으로 돌파해야 한다 .
即使受到他人的批評，也要鼓起勇氣正面突破目前的困境。

03 창작 뮤지컬 '영웅'

原創音樂劇《英雄》

작품 소개 作品介紹 09

한국 창작 뮤지컬 '영웅'은 1909 년 하얼빈역에서 일제 천황의 자문기관인 추밀원의 의장이자 조선 침략의 원흉[1] 이토 히로부미를 살해한 안중근 의사 의거 100 주년을 기념하기 위해 창작 뮤지컬 '명성황후'의 제작사인 에이콤이 선보인 작품이다 . 영웅의 극본과 작사는 한아름이 , 작곡은 오상준이 맡았다 .

韓國原創音樂劇《英雄》是為了紀念安重根義士於 1909 年在哈爾濱車站殺害日本天皇的諮詢機構樞密院議長，同時也是侵略朝鮮的元凶伊藤博文之義舉 100 週年，由製作原創音樂劇《明成皇后》的製作公司 ACOM 所推出。《英雄》該劇由韓雅凜編劇暨作詞、吳尚俊（音譯）作曲。

(주) 에이콤

뮤지컬은 안중근 의사를 앞세워[2] 12 명의 항일 투사로 구성된 '단지동맹'에 대한 이야기를 그렸다 . 뮤지컬은 안중근이 이끄는 단지동맹이 독립에 대한 확고한[3] 결의[4] 를 다지고자 자작나무 숲에서 손가락을 자르는 것을 시작으로 안중근이 사형 선고를 받은 뒤 1910 년 3 월 26 일 뤼순 감옥에서 생을 마감할 때까지 안중근 의사의 생애 마지막 1 년에 대한 이야기를 그려냈다 . 뮤지컬은 조국을 위해 목숨을 바친 애국지사들의 강렬한 애국심은 물론 안중근이 운명 앞에서 고뇌하는[5] 인간적인 면모[6] 도 보여 준다 .

本劇講述以安重根義士為首的 12 位抗日鬥士組成的「斷指同盟」故事。劇中由安重根引領的斷指同盟在白樺樹林裡切斷手指，展現堅決的獨立意志為開端，到安重根被判處死刑後，1910 年 3 月 26 日在旅順監獄辭世為止，聚焦於安重根義士最後 1 年的故事。不僅展現為祖國獻身的愛國志士強烈的愛國心，亦呈現安重根在命運前苦惱的人性化面貌。

극 중에서 조선 약탈[7] 에 뜻을 품은 이토와 일본 대신은 일본이 조선을 합병할[8] 수 있도록 러시아의 지지를 얻고자 한다 . 이토는 러시아 특사와 회담하기[9] 위해 하얼빈으로 향할 채비[10] 를 한다 . 한편 , 명성황후 시해를 목도한[11] 궁녀 설희는 대한제국 황실 비밀정보기관 '제국익문사'의 수장 김내관에게 독립운동을 위해 일본에 가겠다고 밝힌다 . 김내관은 안중근 등 제국익문사 요원들에게 설희를 소개하고는 설희와 안중근에게 대한 독립 의지를 선양하고[12] 일본의 야망을 세계가 알게 하라는 등의 지령을 내렸다 . 설희는 일본 , 안중근은 다시 러시아로 향한다 . 러시아에 도착한 안중근은 친한 친구가 운영하는 만둣집으로 향해 동지들과 재회한다 .

劇中，伊藤博文和日本大臣一心想掠奪朝鮮，為取得俄羅斯對日本吞併朝鮮的支持，伊藤博文準備出發到哈爾濱與俄國使臣進行會談。另一方面，目睹明成皇后被殺的宮女雪熙，向大韓皇室的祕密情報組織——帝國益聞社的首長金內官表示，自己願意赴日參與獨立運動，金內官將雪熙介紹給安重根等帝國益聞社要員後，向雪熙和安重根下達了宣揚大韓獨立意志，並讓世界知道日本的野心等指令。雪熙前往日本，而安重根則再次前往俄羅斯。安重根抵達俄羅斯後，前往好朋友開的餃子店，與同志們重逢。

한편 , 일본에 도착한 설희는 '눈물'을 의미하는 '나미다' 라는 예명으로 게이샤[13] 가 된다 . 설희의 우아한[14] 춤은 이토의 혼을 빼놓는다 . 이토는 설희를 데리고 하얼빈에 데려가기로 결심한다 . 설희는 그 과정에서 알게 된 이토의 하얼빈 동향을 안중근에게 몰래 전한다 . 이토의 하얼빈 방문 소식을 전해 들은 안중근은 이토를 암살하는 것만이 조선이 독립할 수 있는 유일한 방법이라고 여기며 자신의 동료들과 함께 기의를 준비한다 . 안중근은 브라우닝 권총[15] 에 총알 7 발을 넣고 하얼빈으로 향한다 . 1909 년 10 월 26 일 하얼빈역에서 7 발의 총성이 울려 퍼지는데…….

另一方面，雪熙赴日本後，取了具「眼淚」之意的「Namida」為藝名並成為藝伎，她優雅的舞姿令伊藤博文深深著迷，伊藤博文決定帶她去哈爾濱。雪熙暗地將伊藤博文的動向告訴安重根，安重根得知伊藤前往哈爾濱的消息後，認為暗殺伊藤博文是實現朝鮮獨立的唯一途徑，並與戰友們準備起義。安重根在的勃朗寧手槍裝上七顆子彈，前往哈爾濱。1909 年 10 月 26 日，哈爾濱車站響起 7 聲槍響……

한국 창작 뮤지컬 '영웅'은 2009 년 초연된 뒤 , 여러 차례 재연됐다 . 초연 15 주년을 맞이한 영웅은 2024 년 5 월 29 일부터 8 월 11 일까지 세종문화회관에서 10 번째 시즌의 막을 올렸다 . 이에 앞서 2011 년 미국 뉴욕 , 2015 년 중국 하얼빈에서도 영웅의 막이 오른 바 있다 . 2017 년 중국 상하이에서 순회공연[16] 이 예정됐지만 중국의 한한령으로 인해 취소됐다 .

韓國原創音樂劇《英雄》於 2009 年首演後，多次再演。迎來 15 週年的該劇，也在 2024 年 5 月 29 日至 8 月 11 日於世宗文化會館進行第 10 季演出。並曾在 2011 年到美國紐約、2015 年到中國哈爾濱演出，原訂 2017 年要到上海巡演，惟因為中國禁韓令取消演出。

정성화, 류정한, 양준모, 민영기, 안재욱, 민우혁 등 많은 배우가 안중근 역을 맡았는데, 그중 외모가 안중근과 가장 닮은 배우 정성화가 거의 매 시즌 출연했다.
鄭成華、柳廷翰、楊俊模（音譯）、閔永基、安在旭、閔宇赫（音譯）等多位演員都飾演過安重根，其中外貌神似安重根的演員鄭成華幾乎每一季都參與演出。

01 원흉 (元兇)：元凶
02 앞세우다：使領先、使在前面
03 확고 (確固) 하다：堅固、堅定
04 결의 (決意)：決心
05 고뇌 (苦惱) 하다：苦惱、煩惱
06 면모 (面貌)：面孔、面貌
07 약탈 (掠奪)：掠取、搶奪
08 합병 (合併) 하다：合併
09 회담 (會談) 하다：會談、談判
10 채비：準備、籌備
11 목도 (目睹) 하다：目睹、目擊
12 선양 (宣揚) 하다：宣揚、弘揚
13 게이샤 (geisha)：日本藝妓
14 우아 (優雅) 하다：優雅、高雅
15 브라우닝 권총 (Browning 拳銃)：勃朗寧手槍
16 순회공연 (巡迴公演)：巡演

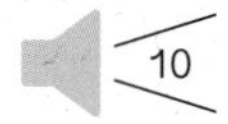

V은/ㄴ 바 있다

文法說明：
과거에 그 내용이 발생한 적이 있음을 나타낼 때 사용한다. 이 문법은 'V 은/ㄴ 적이 있다'의 의미로 보면 되며 뉴스나 발표와 같은 격식적인 상황에서 자주 사용된다. 이 문법에서 '바'는 의존명사로 그 앞에 '- 은', '- 는', '- 을' 이 함께 오는 것이 일반적이다.
用於表示過去曾發生該內容的時候。可以將此文法理解為「V 은/ㄴ 적이 있다」的意思，經常用在新聞或報告等正式場合。這個文法裡的「바」是一個依賴名詞，前面經常搭配「- 은」、「- 는」、「- 을」使用。

例句：
이 작품은 10 년 전 대만에서 뜨거운 관심을 불러일으킨 바 있다.
這部作品曾在 10 年前於台灣引起熱議。

이번에 새 작품을 발표한 김 감독은 고령의 나이로 은퇴할 생각이 있다고 밝힌 바 있다.
這次推出新作品的金導演曾表示，由於年事已高有打算退休。

잊혀선 안 되는 독립운동가들의 이야기
不該被遺忘的獨立運動家們的故事 

안중근 의사 하얼빈 의거 100주년을 기념하기 위해 제작된 한국 창작 뮤지컬 '영웅'의 윤호진 감독은 영웅을 두고 애초에 만들고 싶었던 작품이 아니었다고 밝혔다.

韓國原創音樂劇《英雄》是為了紀念安重根義士哈爾濱義舉100週年而製作的作品，但尹浩真（音譯）導演卻說這不是他一開始就想製作的作品。

(주) 에이콤

2004년 어느 날 짙은 눈썹에 건장한 체격의 젊은이가 "5년 후 안중근 의사의 의거 100주년이 된다. 그의 이야기를 뮤지컬로 제작할 수 있느냐"고 물었다. 창작 뮤지컬 '명성황후' 이후 대형 역사 뮤지컬 제작에 완전히 지쳐버린 윤 감독은 그의 제안을 거절했다. 하지만 청년은 끈질겼다[1]. 그는 일주일 뒤 윤 감독을 직접 다시 찾아가서는 "안중근 의사가 법정에서 이토 히로부미를 살해한 이유 15개를 언급했는데, 그중 첫 번째가 명성황후를 시해한[2] 죄였다"며 "이를 '명성황후'의 후속편으로 다뤄야 한다"고 제안했다.

2004年，有個眉毛濃密、身體健壯的年輕人問他：「5年後就是安重根義舉100週年，能不能將他的故事製作成音樂劇？」在完成原創音樂劇《明成皇后》之後，已經完全對製作大型歷史音樂劇感到心力交瘁的尹導演拒絕了青年，但那位青年鍥而不捨，在一週後又親自找上門對尹導演說：「安重根義士在法庭上列舉了應殺害伊藤博文的15個理由，第一個就是殺害明成皇后，應該作為《明成皇后》的續集。」

그의 말을 들은 윤 감독은 호기심에 관련 자료를 찾아보게 됐다. 청년의 말은 사실이었고, 윤 감독은 안중근 의사의 의지에 깊은 감명[3]을 받게 됐다. 뮤지컬 '영웅'은 5년이란 창작 기간 끝에 안중근 의사 의거 100주년 기념일인 2009년 10월 26일에 막이 올랐다. 이후 윤 감독은 자신을 찾아왔던 청년을 찾았지만, 그 청년은 자신을 찾은 뒤 얼마 지나지 않아 심장마비로 급사한[4] 사실을 알게 됐다며, 마치 안중근 의사가 그 청년이 되어 자신을 찾은 것 같다고 당시를 회고했다[5].

聽了這番話，尹導演懷著好奇心查閱了相關資料，確認青年說的是真的，也深受安重根義士的意志感動，歷時 5 年的創作，音樂劇《英雄》終於在安重根義士義舉 100 週年紀念日，即 2009 年 10 月 26 日拉開帷幕。後來雖然尹導演有找過那位來找自己的青年，但後來得知那位青年在來找他不久後，便因心臟麻痺而猝死，回想起來，似乎是安重根義士化為該青年來找他。

윤 감독이 안중근 의사의 자료를 보고 깊은 감명을 받았듯이 뮤지컬을 본 관객들도 마찬가지였다. 안중근 의사는 러시아에서 직접 자신의 왼손 무명지 첫 관절을 잘라 태극기 위에 '대한독립(大韓獨立)'이라고 혈서를 쓰고 한뜻으로 단결해 나라를 위해 목숨을 바치겠다는 '단지동맹'을 결성하는가 하면, 하얼빈 기차역에서 이토 히로부미를 척살한[6] 후 "대한 만세!"를 외치고 법정에서 이토 히로부미의 15가지의 범죄를 떳떳하게[7] 밝힌다. 그뿐만 아니라 안중근 의사의 모친 조마리아 여사는 아들이 사형 판결을 받았다는 소식을 접한 뒤에 수의[8]를 손수 만들고 아들에게 편지를 쓴다. 조 여사는 아들에게 비겁하게 목숨을 구하지 말고 나라를 위해 옳은 일을 했다는 이유로 사형을 판결받았으니 당당하게 죽음을 맞이할 것을 당부한다. 극 중 마지막에는 안중근 의사가 감옥에서 동양 평화의 이념을 끝까지 견지하는[9] 모습을 보여주면서 관객들에게 잊지 못할 감동의 전율을 선사했다.

如同尹導演查閱安重根義士資料後深受感動，觀賞本劇的觀眾亦是如此。安重根義士在俄羅斯親自切斷自己左手無名指的第一個關節，並在太極旗上血書「大韓獨立」，組成團結一心為國獻身的「斷指同盟」，也在哈爾濱車站刺殺伊藤博文後高呼「大韓萬歲！」後，理直氣壯在法庭上列舉伊藤博文 15 條罪狀。除此之外，安重根義士的母親趙瑪利亞女士，在得知兒子被判死刑後，寫了封信並親自為他縫製壽衣。趙女士叮囑兒子別卑賤求生，既然是為國家做了正確的事而被判刑，應當凜然面對死亡。劇中最後，安重根義士在獄中仍堅持東洋和平的理念，令人動容。

허구[10] 가 아닌 실제 역사인 뮤지컬 속 이야기가 등장하는 무대는 시공을 초월한[11] 역사 사건 현장을 방불케 했다 . 뮤지컬은 이토 히로부미의 악행을 직접 보여주지는 않지만 , 안중근이 부르는 '누가 죄인인가'라는 노래를 통해 법정에서 이토 히로부미를 고발했다 .

這些不是虛構故事，而是真實的歷史，每次演出都彷彿帶領觀眾穿越時空，親臨歷史事發現場。劇中伊藤博文的惡行並未以行動來呈現，而是安重根在法庭上以〈誰是罪人〉這首歌來舉發伊藤博文。

한편 , '누가 죄인인가'라는 노래는 2019 년 서울공연예술고등학교 학생들 덕분에 다시 한번 큰 관심을 끌었다 . 학생들은 이 노래를 개사해[12] 학교가 저지른[13] 15 가지 비리[14] 를 폭로하는[15] 영상을 올렸다 . 이 영상은 여러 외국어로 번역되어 업로드된 지 일주일도 채 지나지 않아 조회수 100 만 회를 돌파했고 , 국내외를 뒤흔들었다[16].

另一方面，〈誰是罪人〉這首歌在 2019 年拜首爾公演藝術高中的學生所賜，再次引發了很大的關注。學生們改編這首歌，並上傳影片揭發學校犯的 15 項罪狀。這部影片被翻譯成多國語言，上傳不到一星期點閱率即突破百萬，震驚海內外。

이 뮤지컬은 영화 '해운대', '국제시장'을 제작한 윤제균 감독에 의해 뮤지컬 영화로 재탄생해 2022 년 말 한국에서 , 이어 이듬해 초 대만에서도 상영됐다 .

這部音樂劇亦被電影《海雲台》及《國際市場》導演尹齊均改編成音樂劇電影，韓國於 2022 年底上映，台灣則於隔年年初上映。

01 끈질기다：執著、有毅力
02 시해 (弑害) 하다：殺害、殺死
03 감명 (感銘) ：感觸、感受
04 급사 (急死) 하다：猝死、暴斃
05 회고 (回顧) 하다：回憶、回想
06 척살 (刺殺) 하다：刺殺、暗殺
07 떳떳하다：光明正大、堂堂正正
08 수의 (壽衣) ：壽衣
09 견지 (堅持) 하다：堅持
10 허구 (虛構) ：虛假、虛構
11 초월 (超越) 하다：超越、超出
12 개사 (改詞) 하다：改歌詞
13 저지르다：犯錯
14 비리 (非理) ：不正當勾當、腐敗
15 폭로 (暴露) 하다：揭露
16 뒤흔들다：動搖、轟動、震撼

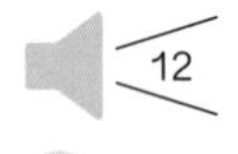

文法 A/V1듯이 A/V2

文法說明：

뒤 절 (A/V2) 의 내용이 앞 절의 내용 (A/V1) 과 거의 비슷하거나 같은 정도로 그렇다는 것 나타낸다 . 또 화자와 청자 모두 서로 알고 있다는 사실을 확인할 때도 사용한다 .

表示後句 (A/V2) 的內容和前句 (A/V1) 的內容幾乎相似或相同，或是用於確認話者與聽者全都知道的事實時。

例句：

걔 ? 이번에도 시험을 못 볼 게 불을 보듯 뻔하지 . 다음 주가 시험인데 맨날 술만 마시잖아 .
他？他這次考試顯然也會考不好。下星期就要考試了，他不是還成天喝酒？
(불을 보듯 뻔하다：表示事情非常明顯，容易一眼看清楚，就像觀察火焰一樣。)

내가 예전에 말했듯이 이 뮤지컬은 한국어를 배우는 외국인도 꼭 봐야 하는 작품이야 .
就如我之前說的，這部音樂劇是學韓語的外國人也必看的作品。

04 창작 뮤지컬 '서편제'

原創音樂劇《西便制》

작품 소개 作品介紹 13

한국 창작 뮤지컬 '서편제'는 조광화가 극본, 작사를, 윤일상이 작곡을 맡아 탄생한 작품으로 작가 이청준이 1976 년에 출간한 동명 소설을 각색했다. '서편제'는 유랑하는[1] 판소리 소리꾼 유봉, 그의 양녀[2] 송화, 의붓아들[3] 동호 등 세 명이 등장하는데 이들은 각기 다른 목소리와 다른 인생 이야기를 들려준다. 이에 앞서 이 소설은 '한국 영화의 대부[4]'라고 불리는 임권택 감독에 의해 동명 영화로 제작돼 1993 년 상영된 바 있다.

韓國原創音樂劇《西便制》由趙光華（音譯）編劇暨作詞、尹日相（音譯）作曲，該劇改編自韓國作家李清俊於 1976 年出版的同名小說。《西便制》講述流浪的板索里說唱藝人裕鳳、養女松華，以及繼子東戶等三人所追求的不同聲音與不同的人生故事。該小說亦曾被譽為「韓國電影教父」的導演林權澤拍為同名電影，於 1993 年上映。

PAGE1

'서편제'는 한 남자가 수년간 헤어진 누나를 찾아 헤맨다[5] 는 이야기로 시작한다. 이야기는 어린 송화와 이복 남동생 동호가 소리꾼 아버지 유봉을 따라 방랑하는[6] 것으로 거슬러[7] 올라간다. 소리를 게임이자 친구로 여기는 송화와 동호는 서로에게 의지하며 살아간다. 동호는 아버지의 소리가 어머니를 죽였다고 믿는다. 이에 따라 동호는 유봉에게 불만이 극에 달한 나머지 결국 자기의 소리를 찾겠다며 자신이 가장 바라는 록 가수의 길을 걷기 위해 유봉과 송화의 곁을 떠난다.

《西便制》以一名男子苦苦尋覓離別多年的姐姐拉開序幕，故事回溯到年幼的松華和繼弟東戶，一起跟隨說唱藝人父親裕鳳流浪，把聲音當作遊戲與朋友的松華和東戶則彼此依靠。東戶認為是父親的聲音殺死了母親，對裕鳳很不滿，最終他為了尋找屬於自己的聲音，朝自己最喜愛的搖滾歌手之路前進，而離開了裕鳳和松華。

동호는 송화에게 함께 떠나자고 했지만, 송화는 아버지 곁에서 소리를 완성하겠다며 거절한다. 하지만 송화는 동호를 너무 그리워한 나머지 소리 정진에 집중하지 못하게 된다. 그러자 '한'(恨)이 서려야[8] 소리가 더욱 좋아질 수 있다고 믿는 유봉은 송화의 소리를 위해 송화의 두 눈을 멀게[9] 한다.
儘管東戶邀請松華一起離開，但她卻拒絕，並表示想留在父親身邊完成聲音。但是松華因為太思念東戶，一直無法集中精神練唱。此時，為了松華的聲音，裕鳳選擇讓松華雙眼失明，他認為心中充滿怨恨，才能把聲音唱得更好。

아버지가 병으로 세상을 떠난 뒤 판소리에 매진한[10] 송화는 유명한 판소리 명창[11]이 된다. 그렇게 50년이 흐른 뒤, 자기의 소리를 찾고 서로 다른 인생을 살던 송화와 동호는 다시 만나게 되지만 그들은 서로 알아 보지 못한 채 판소리를 통해 서로의 마음을 표현한다.
在父親因病過世之後，松華潛心於板索里，成為著名的板索里演唱者。50年後，找到屬於自己的聲音，並過著不同人生的松華和東戶再次相遇，但他們並未相認，而是透過板索里互訴心聲。

한국 전통 판소리 예술을 녹여낸[12] 뮤지컬 '서편제'는 2010년 초연을 시작으로 2012년 재연, 2014년 삼연, 2017년 사연 공연이 펼쳐졌다. 2020년에는 10주년 기념 공연이 열릴 예정이었으나 코로나19의 영향으로 인해 취소됐다. 2022년 다섯 번째 시즌 연출 당시 제작사 페이지1은 저작권[13] 사용 기간이 곧 만료된다면서 5연이 마지막이 될 거라고 밝힌 바 있다. 하지만 2024년 4월 제작 겸 연출을 맡은 이지나 연출가[14]는 한 인터뷰에서 다시 무대에 오를 가능성을 시사했고[15], 이어 6월 'K-뮤지컬국제마켓'에 '서편제'가 다시 등장해 저작권 문제가 해결된 것으로 확인됐다.
《西便制》將韓國傳統說唱藝術板索里融入劇中，於2010年首演，後於2012年二演、2014年三演、2017年四演，該劇原訂於2020年進行10週年紀念公演，惟因新冠疫情影響而取消，之後在2022年進行第五季演出時，製作公司PAGE1表示因原著授權使用期間即將屆滿，這次是這部劇最後一次演出，但在2024年4月，該劇製作人兼導演李智娜（音譯）在訪問中提及不排除再演的可能性，今年6月，《西便制》又在「K音樂劇國際市場」登場，可見授權問題已獲得解決。

이자람, 차지연, 이영미, 장은아, 유리아 등이 영혼의 캐릭터인 송화 역을 맡았다. 한국에서 매우 저명한[16] 판소리 명창 이자람과 뮤지컬 배우 차지연이 모든 시즌에 출연했다.
李孜藍（音譯）、車智姸、李英美（音譯）、張恩雅（音譯）、YURIA等人都曾飾演靈魂人物松華一角，其中韓國非常知名的板索里演唱者李孜藍，和音樂劇演員車智姸每一季都參與演出。

01 유랑 (流浪) 하다：流浪、漂泊
02 양녀 (養女)：養女
03 의붓아들：繼子
04 대부 (代父)：教父
05 헤매다：徘徊
06 방랑 (放浪) 하다：漂泊、流浪
07 거스르다：回溯；違抗
08 서리다：（想法）纏繞；凝結、瀰漫
09 멀다：耳聾、眼瞎；遙遠
10 매진 (賣盡) 하다：售罄
11 명창 (名唱)：唱將、名歌手
12 녹이다：（使）融化
13 저작권 (著作權)：著作權；版權
14 연출가 (演出家)：導演
15 시사 (示唆) 하다：提示、暗示
16 저명 (著名) 하다：著名、知名

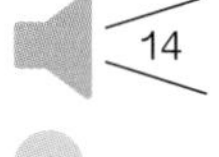

文法 V1 은/ㄴ 나머지 V2

文法說明：

앞 부분의 내용 (V1) 이 발생하고 그 결과로 뒤의 내용이 발생했다는 뜻이다. 여기서 '나머지'는 어떤 것에서 일부를 빼고 남은 부분을 의미하지만 'ㄴ/은/던' 뒤에 붙으면서 어떤 일 (V1) 에 대한 결과를 나타내는 말이다. 'V1 은/ㄴ 결과 V2'로 보면 된다. 하지만 V2 부분의 결과는 예상하지 못했거나 부정적인 내용이 오는 경우가 많다.

表示前句內容（V1）發生之後，隨之產生的結果是後句內容。這裡的「나머지」原本是指某物去掉一部分後剩下的部分，但加上「ㄴ/은/던」後，表示是某件事（V1）的相關結果，可以理解為「V1 은/ㄴ 結果 V2」。然而，V2 部分通常是無法預測的結果，或是負面的內容。

例句：

휴대폰 등 디지털 기기에 지나치게 **의존한 나머지** 건망증 증세가 심해진 상태를 '디지털 치매'라고 한다.

由於過度依賴手機等數位設備，導致健忘症狀況更加嚴重，這種情況稱為「數位失智症」。

그 신인 배우는 무대에서 너무 **긴장한 나머지** 대사를 까먹고 말았다.

那位新人演員因為在舞台上過於緊張，結果忘了台詞。

전통 예술과 현대 뮤지컬의 접목
傳統藝術與現代音樂劇的結合 15

한국 창작 뮤지컬 '서편제'는 한국 작가 이청준이 1976년에 출간한 동명 소설을 각색한 작품이다. 한국 전통 예술 '판소리' 소리꾼 집안[1]의 이야기를 담고 있다. 판소리는 17세기에 유래된 한국의 소리 예술[2]이다. 판소리의 '판'은 사람들이 모이는 곳을 의미하고 '소리'는 노래를 의미한다. 고로, 판소리는 '사람들이 모이는 곳에서 부르는 노래'를 말한다.

韓國原創音樂劇《西便制》是改編自韓國作家李清俊於 1976 年出版的同名小說，講述韓國傳統藝術「板索里」說唱藝人家庭的故事。板索里為起源於 17 世紀的韓國說唱藝術。韓文的「판（板）」有「眾人聚會之處」的意思，而「소리（索里）」即「歌曲」的意思，因此板索里的意思是「在眾人聚集之處所演唱的歌曲」。

판소리는 문자와 노래가 결합한 것으로 고수[3] 한 명이 치는 북[4]의 반주[5]에 맞춰 소리꾼 한 명이 노래하는 형식의 공연이다. 판소리는 강한 서사성을 갖고 있다. 짧게는 3시간에서 길게는 8시간에 걸쳐 공연이 진행된다. 판소리는 소리꾼 한 명이 여러 역할을 연기하면서 그 역할에 맞게 목소리와 자세를 흉내[6] 낸다.

板索里融合文字與歌唱，以一位鼓手擊鼓伴奏、一位說唱藝人說唱的形式表演。板索里具有強烈的敘事性，在短則 3 小時、長則 8 小時的演出中，說唱藝人需一人扮演各種角色，並模仿與角色相符的各種音調及姿態。

또한, 소리꾼, 고수, 관객은 판소리를 구성하는 세 가지 요소로, 관객은 공연을 방해하지 않는 적절한 순간에 "얼쑤!", "좋다!", "잘한다!" 등의 추임새[7]를 외칠 수 있다. 관객과 상호 활동은 판소리의 특색이자 매력이다. 이는 판소리가 탄생 초기에 백성에게 사랑받은 이유 중 하나이기도 했다.

另外，說唱藝人、鼓手和聽眾是構成板索里的三個要素，聽眾在不妨礙演出的前提下，可以適時呼喊「哎唷！」「很好！」「唱得好！」等感嘆詞，與聽眾互動是板索里的特色及魅力，亦是板索里在誕生初期受到百姓喜愛的原因之一。

그러나 시대가 변함에 따라 세대도 바뀌면서 판소리는 다른 전통 예술과 마찬가지로 쇠퇴했고[8], 심지어 잊히기까지 했다. 소리꾼 집안 이야기를 다룬 '서편제'의 원작 소설이 뮤지컬로 탄생하기 전에 1993년 임권택 감독의 동명 영화가 개봉된 바 있다. 당시 한국 전통문화가 점차 사라지는 추세에서 이 영화로 말미암아 한국인들에게 판소리에 대한 관심을 불러일으키는 한편 장기간에 걸쳐 외면[9] 받아온 한국 문화 예술에 대해 다시 생각해 보게 하는 계기를 마련했다.

然而，隨著時代變遷與世代更迭，板索里跟其他傳統藝術一樣逐漸沒落，甚至被遺忘。在講述板索里家庭故事的《西便制》原著小說被改編成音樂劇之前，亦曾被林權澤導演拍攝為同名電影，於 1993 年上映。當時韓國傳統藝術正逐漸消失，該電影除了引起韓國人對板索里的關注外，亦成為重新思考其他長期被冷落的韓國文化藝術的契機。

영화 '서편제'는 한국 전통적 예술적 특성이 짙은 소재를 대중 영화로 승화시키면서[10] 한국인 내면의 감성적 기억을 일깨우는[11] 데 성공한 것으로 평가받는 수작[12] 이다. 뮤지컬 '서편제' 역시 2010 년 초연 당시 전통문화가 쇠퇴하는 시대에 가장 한국적인 판소리를 현대적으로 선보임으로써 화제를 끄는 데 성공했다.
電影《西便制》是將深具韓國傳統藝術特色的題材製作成大眾化電影，並被評為成功喚醒韓國人內心情感記憶的優秀作品。音樂劇《西便制》於 2010 年首演，在傳統文化式微的時代，以現代化的手法展現最具韓國特色的板索里，成功獲得了關注。

뮤지컬 '서편제' 무대는 전통 한지[13] 로 가득 채워지면서 매우 단순하게 꾸며졌다. 바람에 흩날리는[14] 한지를 통해 시간과 장소의 변화를 상징한다. 게다가 이 뮤지컬은 전통 판소리에 대중음악, 록, 발라드[15] 등을 접목해 현대화된 방식을 보여줌으로써 현대인들이 판소리를 더욱 쉽게 받아들일 수 있도록 했다.
音樂劇《西便制》舞台非常簡單，僅用傳統韓紙填滿舞台，並透過隨風飄逸的韓紙，象徵時間跟場所的變化。且該劇曲風多元，將流行樂、搖滾樂、抒情歌等與傳統的板索里結合，以現代化的方式呈現，使板索里更容易被現代人接受。

또한, 영화에서 유봉은 시대 변화를 무시한 채 전통을 고수한다[16]. 뮤지컬에서는 송화가 이러한 모습을 보이는데, 송화는 판소리를 상징한다. 송화는 판소리와 마찬가지로 그 자리에 줄곧 머물러 있지만 세상에서 잊힐 뿐이었다. 이 뮤지컬과 송화로 말미암아 쇠퇴했다고 생각한 전통 예술이 줄곧 우리 곁에 있어 왔음을 알게 될 것이다.
另外，在電影中，裕鳳是無視時代變遷堅守傳統的人，而在音樂劇中，則由松華擔當這個角色，松華象徵板索里，她和板索里一樣一直留在原地，只是被世人所遺忘，透過這部劇、透過松華，你會發現原以為沒落的傳統藝術其實一直都在我們身邊。

01 집안：家庭、家
02 소리 예술：說唱藝術
03 고수 (鼓手)： 鼓手
04 북：鼓
05 반주 (伴奏)：伴奏
06 흉내：模仿
07 추임새：感嘆詞、助興詞語、應和詞語
08 쇠퇴 (衰退) 하다：沒落、衰落
09 외면 (外面)：迴避、閃躲、冷落
10 승화 (昇華) 시키다：使昇華、使提升
11 일깨우다：喚醒、提醒、啟發
12 수작 (秀作／酬酌)：優秀作品；花招
13 한지 (韓紙)：韓紙
14 흩날리다：飄揚、飛舞
15 발라드 (ballade)：抒情歌
16 고수 (固守) 하다：堅守、堅持

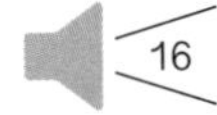

N(으)로 말미암아

文法說明：

어떤 사물이나 현상 등의 명사 (N) 가 원인이나 이유가 된다는 것을 의미하며 뒤에는 N 때문에 생긴 결과가 나온다.'말미암아'는 동사 '말미암다'에서 온 것으로 원인이나 근거가 된다를 뜻한다.

表示某事物或現象等名詞 (N) 成為原因或理由，後面則是由 N 引起的結果。「말미암아」源自於動詞「말미암다」，表示成為原因或根據。

例句：

전염병의 영향으로 말미암아 소비자물가지수 급등 현상이 세계 곳곳에서 나타났다.

由於傳染病的影響，全世界出現了消費者物價指數急遽上漲的現象。

전통 문화 예술은 급격한 사회적・환경적 변화로 말미암아 다수가 방치되거나 소실되는 것이 현실이다.

傳統文化藝術由於急劇的社會與環境變化，多數已經被棄置或消失，這是現實。

05 창작 뮤지컬 ‘프랑켄슈타인’

原創音樂劇《科學怪人》

작품 소개 作品介紹 17

한국 창작 뮤지컬 ‘프랑켄슈타인’은 왕용범 연출가가 각본 및 가사를 쓰고 이성준이 작곡한 작품으로 1818 년에 나온 영국 작가 메리 셸리 (Mary Shelley) 의 동명 소설을 각색했다 . 소설은 신이 되고 싶은 인간과 인간의 창조물인 두 남자의 이야기를 통해 인간의 이기심[1] 과 생명의 본질에 대해 다시 생각해 보게 만든다 .

韓國原創音樂劇《科學怪人》由導演王勇範編劇暨作詞、李成俊作曲，改編自英國作家瑪麗・雪萊於 1818 年出版的同名小說，透過想成為神的人類和人類的創造物這兩個男人的故事，帶人重新思考人類的自私與生命的本質。

19 세기 유럽의 나폴레옹 전쟁 시대 천재 과학자 빅터 프랑켄슈타인 (Victor Frankenstein) 은 죽지 않는 군인을 연구한다 . 그는 전장에서 처형[2] 을 앞둔 신체접합술[3] 의 귀재[4] 앙리 뒤프레 (Henry Dupre) 의 목숨을 구한다 . 빅터의 연구에 대한 확고한 신념에 감동한 앙리는 그의 실험에 동참하면서[5] 둘은 친한 친구 사이가 된다 .

19 世紀歐洲拿破崙戰爭時期，天才科學家維克多・弗蘭肯斯坦從事不死軍人的研究，他在戰場上拯救將被處死的身體接合術奇才亨利・迪普雷。亨利被

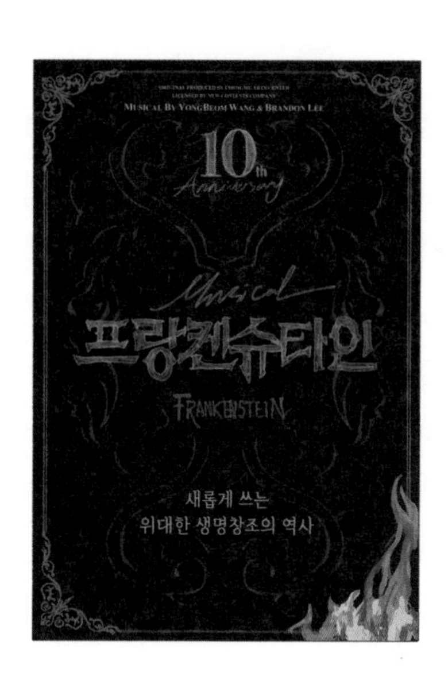

維克多對研究的堅定信念感動，一同參與了研究，兩人也因此成為摯友。

얼마 지나지 않아 전쟁 중단으로 인해 연구실도 폐쇄된다 . 하지만 이 둘은 포기하지 않고 빅터의 고향 제네바로 가서 연구를 이어간다 . 전쟁이 끝나자 , 이들은 신선한 뇌를 구하기가 어려워지면서 난관[6] 에 봉착한다[7]. 이에 고민에 빠진 빅터와 앙리는 기분을 달래고자[8] 술집에서 술을 마신다 . 이때 빅터의 집사 룽게 (Runge) 가 한 가지 좋은 방법을 생각해 낸다 . 그는 장의사에게 후한[9] 보수를 주고 갓 죽은 인간의 머리를 교환하기로 한다 .

不久後，實驗室就因停戰而關閉，但他們沒有放棄，而是回到維克多的故鄉日內瓦繼續研究。不過戰爭結束後，新鮮的大腦不易取得，他們碰到了瓶頸。為此煩惱的維克多與亨利在酒吧藉酒消愁，此時，維克多的管家龍格想到了一個好辦法，他給了葬儀社豐厚的報酬以換取剛死亡的人腦。

그러나 돈에 눈이 먼 장의사는 양심마저 팔아먹는다. 장의사는 빅터를 우상[10] 으로 여기던 청년 월터 (Walter) 를 죽이고 나서 빅터에게 더 많은 돈을 요구한다. 이에 분노가 치밀어 오른 빅터는 돌로 내리쳐 장의사를 죽여버린다. 이를 본 앙리는 그 자리에서 빅터를 기절시키고는 모든 죄를 자기가 뒤집어쓴다.
然而，葬儀社卻被金錢蒙蔽良心，他殺害了視維克多為偶像的青年沃特，並藉此向維克多勒索更多的錢，因憤怒而失去理智的維克多用石頭砸死葬儀社的人，亨利見狀馬上把維克多擊暈，並將所有罪名往身上攬。

결국 모든 혐의를 뒤집어쓴 앙리는 단두대[11] 에 오른다. 빅터는 자신에게 연구를 완성해 달라는 앙리의 유언에 따라 앙리의 머리를 실험의 마지막 재료로 삼아 생명체를 만들어낸다. 하지만 이 괴물은 집사 룽게를 죽인다. 이에 빅터는 자신이 만든 괴물을 죽이려 하지만 괴물은 도망쳐 버린다.
最終，攬下所有罪嫌的亨利上了斷頭台，維克多則聽取亨利要他完成研究的遺言，用亨利的頭作為實驗最後的材料，創造出了生物。但這隻怪物卻殺了管家龍格，維克多本想殺死他創造出的怪物，但怪物卻逃跑了。

3 년 후, 도망간 괴물은 빅터의 결혼식에 다시 나타난다. 괴물은 그간 겪었던 불행과 고통을 그의 창조주인 빅터에게 고스란히[12] 돌려주고자 보복한다[13]. 괴물은 그렇게 빅터의 숙부, 누나, 부인을 살해하고는 북극으로 향한다.
3 年後，在維克多結婚當天，怪物再次出現了。他要進行報復，將這段間遭遇的不幸與痛苦，原封不動地還給他的創造主維克多，因此怪物殺了維克多的叔父、姐姐和妻子後，便前往北極。

복수를 다짐한[14] 빅터는 천신만고[15] 끝에 북극에서 괴물과 다시 마주하면서 치열한 싸움을 벌인다. 결국 빅터는 괴물을 죽이는 데 성공하지만, 빅터의 두 다리는 치명적인 부상을 입는 바람에 전혀 못 쓸 지경이 된다. 죽기 전에 괴물은 빅터가 다친 두 다리를 끌고서는 북극을 떠날 수 없다고 말한다. 빅터를 북극에서 혼자 쓸쓸하게 죽어 가게 하는 것이 그의 복수 계획이었던 것이다.
為了復仇的維克多在經歷千辛萬苦後，終於在北極與怪物展開激烈的戰鬥。最後，維克多成功殺了怪物，但維克多的雙腿卻因為遭受致命傷害，完全失去了功能。怪物在臨死前，說維克多拖著受傷的雙腿是無法離開北極的，讓維克多獨自在北極孤單死去，正是他的復仇計畫。

2014 년 초연한 '프랑켄슈타인'은 이듬해인 2015 년에 이어 2018 년, 2021 년에 무대에 올랐다. 2024 년에는 5 번째 시즌이자 10 주년 공연을 펼쳤다. 이 뮤지컬의 특징은 흡입력 높은 줄거리에 박진감[16] 넘치는 전개를 바탕으로 1 인 2 역이라는 설정과 더불어 류정한, 유준상, 전동석, 박은태, 카이, 규현 등 실력이 출중한 출연진 덕분에 초연

때부터 뮤지컬 마니아들에게 사랑을 받아왔다.

《科學怪人》於2014年首演，隨後在隔年2015年，以及2018、2021年再演，並在2024年進行第5季演出，亦是10週年紀念公演。該劇具故事吸引人、劇情緊湊，與一人飾兩角的設定等特色，再加上柳廷翰、劉俊相、全東奭、朴殷泰、Kai、圭賢等實力堅強的演員，自首演以來，便深受劇迷喜愛。

01 이기심 (利己心)：私心、自私
02 처형 (處刑)：處刑、判刑
03 신체접합술 (身體接合術)：身體接合術
04 귀재 (鬼才)：奇才、鬼才
05 동참 (同參) 하다：共同參加
06 난관 (難關)：難關、困難處
07 봉착 (逢着) 하다：遇見、碰上
08 달래다：安慰、撫慰
09 후 (厚) 하다：寬厚；豐厚
10 우상 (偶像)：偶像
11 단두대 (斷頭臺)：斷頭台
12 고스란히：原封不動地、照原樣
13 보복 (報復) 하다：報復、復仇
14 다짐하다：決定、下決心
15 천신만고 (千辛萬苦)：千辛萬苦
16 박진감 (迫眞感)：逼真感、真實感

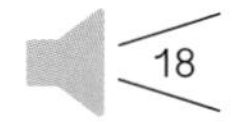

V을/ㄹ 지경이 되다(지경이다)

文法說明：

이 표현은 그 내용 (V) 의 처지나 형편 등 상황이 된다는 것을 나타낸다. 이때 언급되는 내용은 부정적이다.

관찰자 입장에서 어떤 부정적인 상황을 객관적으로 묘사할 때 '지경이 되다'를 쓰지만 '나'(1인칭)를 주어로 삼고 주관적인 느낌을 강조하고자 할 때는 '지경이다'를 주로 쓴다.

此表達用來表示該內容(V)的情況或狀態等，這時所提到的內容通常是負面的。

當以觀察者的角度客觀描述某種負面情況時，會使用「지경이 되다」，但當主語是「我」（第一人稱）並想強調主觀感受時，則經常使用「지경이다」。

例句：

그 뮤지컬 표는 인터넷에서 입소문을 타는 바람에 웃돈을 주고도 살 수 없을 지경이 됐다. 어쩌다 이 지경이 됐을까?

因為那部音樂劇的口碑在網路上傳開，就算加錢也買不到票了。怎麼會變成這樣呢？

지진으로 자식을 먼저 보내고 오열하는 어머니의 모습은 차마 눈 뜨고는 못 볼 지경이었다.

由於地震而先送走孩子後哭泣的母親模樣，實在令人不忍看下去。

한국 창작 뮤지컬의 자존심…괴물이 옮겨온 듯한 신극
韓國原創音樂劇的自尊心，如怪物般的神劇 19

한국 창작 뮤지컬 '프랑켄슈타인'은 충무아트센터 개관 10 주년을 기념하기 위해 제작된 작품이다. 10 년 전 충무아트홀로 불리던 이곳은 서울 뮤지컬 페스티벌[1] 과 뮤지컬하우스 블랙 앤 블루 등 창작 뮤지컬 육성[2] 관련 행사에 장기적으로 지원을 아끼지 않았다.

韓國原創音樂劇《科學怪人》是為了紀念忠武藝術中心開館 10 週年所製作的作品。當時忠武藝術中心被稱為忠武藝術廳，長期協助如 Seoul Musical Festival 及 Musical House Black & Blue 等原創音樂劇扶植計畫。

당시 충무아트센터는 왕용범 연출가, 이성준 작곡가와 손을 잡고 영국 작가 메리 셸리 (Mary Shelley) 의 1818 년 소설 '프랑켄슈타인'을 각색한 동명 뮤지컬을 제작했다. 뮤지컬은 제작비로 한화[3] 30 억 원가량[4] 이 투입됐고, 제작 기간에 2 년을 소요하면서 마침내 2014 년 대중들에게 처음 선보였다.

當時忠武藝術中心與王勇範導演及李成俊作曲家攜手，製作以英國作家瑪麗・雪萊於 1818 年出版的同名小說為基礎改編的音樂劇《科學怪人》，並投入將近 30 億韓元的製作費，歷經 2 年的創作期間，終於在 2014 年首次於大眾前亮相。

원작 소설 '프랑켄슈타인'은 전 세계적으로 수많은 영화, 드라마, 애니메이션[5], 연극 등의 형태로 각색됐지만, 한국 창작 뮤지컬 '프랑켄슈타인'은 원작의 중요한 캐릭터만을 채택했다. 다시 말해 리메이크된[6] 작품이라고 할 수 있다. 이 뮤지컬은 2014 년 초연 이래 지금까지 5 차례 공연을 이어오며 시즌 공연마다 호평을 받았다. 국내 최대 티켓 예매 사이트 인터파크가 지난 2018 년 발표한 통계에 따르면, '프랑켄슈타인'이 회전문 관객이 가장 선호하는 대극장 뮤지컬에서 1 위로 꼽혔다. 이 작품이 인기를 끄는 이유에 대해 크게 세 가지로 분석해 볼 수 있다.

《科學怪人》原著小說在世界各地大量被改編成電影、電視劇、卡通與話劇等形式，而韓國原創音樂劇《科學怪人》僅用了原著的重要角色，可以說是重新創作的作品。該劇 2014 年首演迄今共演出 5 季，每一季演出都大獲好評，韓國最大售票網 Interpark 曾在 2018 年做過統計，調查顯示《科學怪人》為旋轉門觀眾最喜愛的大劇場音樂劇第一名。該劇深受觀眾喜愛的原因大致可分為以下三點：

첫째로, 혼을 쏙[7] 빼놓는 줄거리에 기세등등한[8] 음악이 가미됐다[9] 는 것이다. 이 뮤지컬은 저주받은 운명을 극복하고 신이 되겠다는 꿈을 품은 미친 과

학자와 그가 창조한 괴물 사이의 감사와 증오라는 감정에 초점을 맞추고, 그 괴물의 전신이 빅터의 절친한 친구라는 것을 통해 스릴러[10] 와 서스펜스[11]의 어두운 설정, 긴장감 넘치는 팽팽한[12] 스토리 전개와 기세등등한 음악은 한국인의 취향과 딱 들어맞는다[13].

第一、引人入勝的劇情上加氣勢磅礴的曲風。該劇以想克服被詛咒的命運、夢想成為神的瘋狂科學家與他所創造出來的怪物之間的恩怨情仇為主軸，加上怪物前身為維克多摯友，驚悚、懸疑、黑暗的故事設定，以及節奏緊湊的劇情發展，再搭配氣勢磅礴的歌曲，符合韓國人的喜好。

둘째로, 배우 한 명이 두 역할을 소화한다는 설정도 흥행의 이유다. 뮤지컬에서 1인 2역은 흔히 볼 수 있기는 하지만, 이 뮤지컬에서는 주연과 조연 모두 1인 2역을 한다. 이는 매우 드문 경우다. 뮤지컬에서는 제네바를 배경으로 역할을 맡은 배우가 제 2막 격투장[14] 에 등장할 때는 전혀 다른 역할을 한다. 성격, 분장, 의상, 목소리 모두 180도 달라지는 것이 이 뮤지컬의 특징이자 가장 흥미로운 점이다.

第二、一人演繹兩角的設定也是成功的原因。雖然在音樂劇當中，一人分飾兩角是很常見的事，但這部劇是所有主演跟配角都一人分飾兩角，這樣的設定非常罕見。演員分別在日內瓦與第二幕出現的競技場飾演截然不同的角色，個性、妝容、服裝與聲音都產生 180 度大轉變，這是這部劇的特色，也是最有趣的地方。

셋째로, 실감 나는 절묘한 무대 구성이다. 당초 충무아트센터가 제작비로 한화 30억 원을 투자했다. 가장 눈길을 사로 잡는 것은 무대 디자인이었다. 특히, 사실적인 전쟁 모습의 배경과 더불어 빅터가 괴물을 만들어 내는 과정을 보여주는 무대 디자인은 관객들의 눈길을 뮤지컬에서 떼려야 뗄 수 없게 했다. '프랑켄슈타인'은 대규모로 제작된 원작의 라이선스 뮤지컬에 필적할[15] 만한 보기 드문[16] 무대를 선보였다는 찬사를 받았다.

第三、擬真的精緻舞台布景。忠武藝術中心當時投入 30 億韓元製作，最引人注目的莫過於舞台設計。尤其是逼真的戰爭場景和維克多在創造怪物的過程，這番舞台設計令人目不轉睛，《科學怪人》是少數舞台可以媲美授權音樂劇的原創大製作，備受好評。

끝으로, 창작 뮤지컬 '프랑켄슈타인'은 한국 뮤지컬 역사에서 빠지려야 빠질 수 없는 매우 중요한 작품이다. 이 뮤지컬은 최초로 해외에 라이선스를 주고 공연된 작품으로 창작 뮤지컬의 실력을 입증하고 동시에 상업적 발전의 가능성도 보여주면서 '창작 뮤지컬의 신화, 창작 뮤지컬의 자존심'으로도 불리게 됐다.

最後，《科學怪人》是韓國音樂劇史上非常重要的一部作品，它是首部授權至海外演出的韓國作品，證明了原創音樂劇的實力，同時也展現商業化發展的可能性，亦被稱為「原創音樂劇神話」與「原創音樂劇的自尊心」。

01 페스티벌 (festival)：節日、慶典
02 육성 (育成)：培育、培養
03 한화 (韓貨)：韓幣
04 가량 (假量)：大概、左右
05 애니메이션 (animation)：動畫、動漫
06 리메이크 (remake) 되다：改編
07 쏙：一下子、深深地
08 기세등등 (氣勢騰騰) 하다：氣勢磅礴
09 가미 (加味) 되다：添加
10 스릴러 (thriller)：刺激、驚悚
11 서스펜스 (suspense)：懸疑
12 팽팽하다：緊繃、緊湊
13 들어맞다：吻合、符合
14 격투장 (格鬪場)：格鬥場
15 필적 (匹敵) 하다：匹敵、對等
16 드물다：稀少、罕見

V(으)려야 V을/ㄹ 수 없다

文法說明：

이 문법은 어떤 행동을 하려고 거나 하고 싶어도 다른 상황이나 사건이 있기 때문에 도저히 그 행동을 할 수 없을 때 강조하고자 사용한다. 일부는 'V(으)려야'를 'V을/ㄹ래야'로 사용하지만 국립국어원 및 사전에 따르면, 'V을/ㄹ래야'는 틀린 표현이다.

這個文法用來強調即使打算或想要做某個行為，但由於存在其他情況或事件，因而實在無法實現該行為。雖然有些人會將「V(으)려야」替換成「V을/ㄹ래야」使用，但根據國立國語院與詞典的內容，「V을/ㄹ래야」是錯誤的表達方式。

例句：

친구는 내가 만든 요리가 너무 짜고 맵다면서 먹으려야 먹을 수가 없다고 불만을 잔뜩 늘어놓았다.

朋友大肆抱怨我做的菜又鹹又辣，根本吃不下去。

이 창작 뮤지컬은 한국 특유의 정서인 한을 담아냈기 때문에 세계 어디에서도 보려야 볼 수 없는 작품이라는 찬사를 받은 바 있다.

這部原創音樂劇因為包含韓國特有的情感「恨」，得到了「這是在世界任何地方都看不到的作品」的讚美。

06 창작 뮤지컬 '난쟁이들'
原創音樂劇《小矮人們》

작품 소개 作品介紹 21

한국 창작 뮤지컬 '난쟁이[1] 들'은 이지현이 극본과 가사를 쓰고 황미나가 작곡해 탄생한 작품으로 백설공주, 인어공주, 신데렐라 등 대중에게 친숙한[2] 동화에 기발한 상상력이 가미되어 풍자[3] 와 해학[4] 이 가득한 작품이다. 이 뮤지컬은 '어른이 뮤지컬' 이란 수식어가 항상 따라다니면서 '어른들을 위해 특별히 제작된 동화 뮤지컬'로 널리 알려져 있다.

韓國原創音樂劇《小矮人們》由李智賢（音譯）編劇暨作詞、由黃美娜（音譯）作曲，該劇是在白雪公主、人魚公主及灰姑娘等大眾熟悉的童話故事中添加奇特的想像力，是部充滿諷刺及歡笑的作品。這部音樂劇因「成人音樂劇」此一稱號而廣為人知，被廣泛稱作「專門為成人製作的童話音樂劇」。

이 뮤지컬은 왕자와 공주가 항상 행복하고 즐거운 날을 보내는 동화 나라를 배경으로 한다. 난쟁이 마을에 사는 난쟁이 주인공 찰리와 빅은 다른 난쟁이들과 마찬가지로 매일 광산에서 보석을 캐며[5] 살고 있다. 하지만 이들은 아무리 돈을 벌고자 노력해도 답답하고 우울한 생활에서 벗어날 수 없다.

該劇以王子跟公主總是過著幸福快樂的日子的童話世界為背景。住在矮人村的主角小矮人查理和比格，和其他小矮人一樣，每天在礦山以挖掘寶石為生，但是他們無論怎麼努力賺錢，依然無法逃離鬱悶的生活。

어느 날, 갑자기 동화 나라에 무도회가 개최된다는[6] 공고가 나온다. 오랜 전통에 따라 무도회에서 키스를 하고 마법의 종을 울리는 커플이 새로운 동화의 주인공이 될 수 있다. 우울한 삶에서 탈피하고자 했던 찰리는 이것이야말로 그의 인생을 전환할 기회라고 여기고, 빅은 죽기 전에 백설공주를 만나고 싶어한다. 그들은 소원을 이루기 위해 함께 신데렐라를 공주로 변신시킨 마법사 할머니를 찾으러 간다.

有一天，童話王國突然宣布要舉辦舞會。按照悠久的傳統，在舞會上接吻並敲響魔法鐘的情侶將成為新的童話主角。為了擺脫鬱悶的生活，查理認為這是他扭轉人生的機會，而比格則是想在臨死前見到白雪公主一面。他們為了完成心願，一起去找將灰姑娘搖身一變成公主的魔法師奶奶。

그러나 마법사 할머니는 이제는 더 이상 마법이 쓸모없다고[7] 말한다. 그럼에도 공주와 행복하고 즐겁게 보내길 바라는 찰리와 백설공주를 흠모하는[8] 빅은 포기하지 않고 고집을 부린다[9]. 그러다 이들은 마법사 할머니와 조건부[10] 금전 거래를 시작한다. 마법사 할머니는 그들을 왕자로 만들어주겠다고 약속하는 대신에 치명적인 조건도 내걸었다[11]. 무도회가 끝나기 전에 공주에게 키스하지 못할 경우 거품[12] 으로 변해 세상에서 사라져 버린다는 것이다.

然而，魔法師奶奶卻說現在魔法再也沒有用了，但想和公主過著幸福快樂日子的查理和仰慕白雪公主的比格鍥而不捨，於是他們與魔法師奶奶展開一場有條件的金錢交易。魔法師奶奶答應將他們變成王子，但是她提出了致命的條件：如果他們沒辦法在舞會結束前與公主接吻，將會變成泡沫消失在這個世界上。

이렇게 가짜 왕자로 변한 찰리와 빅은 돈에 미친 신데렐라에게 발각되어[13] 쫓겨나고 만다. 찰리는 우연히 인어공주를 만난다. 사랑에 배신당한 적 있는 인어공주는 쉽게 사랑에 빠지지 않겠다고 다짐했지만 결국 찰리와 사랑에 빠지고, 찰리의 소원을 이뤄 주기 위해 마법사 할머니에게 다리를 바치고[14] 난쟁이가 된다. 한편, 빅은 숲속에서 이혼한 백설공주를 발견하고 백설공주의 모든 욕망을 충족시켜 준 뒤 자신의 정체를 드러낸다. 마침내[15] 그들은 서로의 진실한 모습을 받아들이며 해피엔딩으로 막을 내린다. 이는 대중들이 익히 알고 있는 동화의 결말[16] 은 아니더라도 그들에게 이것이야말로 최고의 결말이 아닐까?

變成假王子混進舞會的查理和比格，很快地就被拜金的灰姑娘發現並被趕了出來。偶然間查理遇到了人魚公主，曾被愛情背叛的人魚公主雖然下定決心不再輕易談戀愛，但她最終還是迷上了查理，為了實現查理的心願，將自己的雙腿獻給魔法師奶奶，成為了小矮人。比格則是在森林裡找到離婚的白雪公主，並在滿足白雪公主的所有欲望後，公開了自己的真實身分。最終，他們接受了彼此真實的樣貌，以幸福結局收尾。即使不是大眾熟知的童話故事結局，但對他們來說，這何嘗不是最美好的結局呢？

'난쟁이들'은 2013년 충무아트센터가 주관한 창작 뮤지컬 콘텐츠 발굴 프로그램인 '뮤지컬하우스 블랙 앤 블루'에서 개발 지원 작품으로 선정된 뒤 2015년 PMC 프로덕션과 충무아트센터가 공동으로 제작했다. 같은 해 초연된 후, 2016년 재연, 2017년 삼연, 2022년 사연, 2023년 11월부터 2024년 1월까지 오연을 펼쳤다. 정동화, 조형균, 김종구, 정욱진, 강정우, 기세중, 조풍래 등이 뮤지컬에 참여했다.

《小矮人們》是忠武藝術中心為發展原創音樂劇而實施的「Musical House Black & Blue」企劃，並於 2013 年獲選，2015 年由 PMC Production 和忠武藝術中心共同製作，並於同年首演，於 2016 年二演、2017 年三演、2022 年四演、從 2023 年 11 月到 2024 年 1 月進行五演。鄭東華（音譯）、趙炯均、金鐘九、鄭旭珍、康正祐、奇世中、趙豐來等演員都曾參與演出。

01 난쟁이：矮人、矮子
02 친숙 (親熟) 하다：熟悉的、親近的
03 풍자 (諷刺)：諷刺、嘲諷
04 해학 (諧謔)：詼諧、歡笑
05 캐다：開採、挖掘
06 개최 (開催) 되다：舉辦、召開
07 쓸모없다：沒用的
08 흠모 (欽慕) 하다：仰慕、景仰
09 고집을 부리다：固執、鍥而不捨
10 조건부 (條件附)：附加條件
11 내걸다：提出；使用
12 거품：泡沫
13 발각 (發覺) 되다：被發現、被察覺
14 바치다：獻給、奉獻
15 마침내：最終、終於
16 결말 (結末)：結局

文法 V1고자 V2

文法說明：

앞의 내용(V1)이 뒤의 내용(V2)의 목적 또는 의도나 희망을 나타낼 때 사용한다. 이는 일반적으로 공식 행사, 회의 등 격식적인 자리나 문서 등에 쓰인다. V1과 V2의 주어는 일치해야 한다. 이때 앞의 내용(V1)에는 목적 또는 의도를 나타내기 때문에 과거를 나타내는 '았/었'과 미래를 나타내는 '겠'이 결합할 수 없다. 이 문법은 목적이나 의도를 나타내는 표현인 'V기 위해서', 'V(으)려고'와 바꿔 쓸 수 있다.

當前面的內容 (V1) 表示後面的內容 (V2) 的目的、意圖或希望時使用。通常用於正式場合，如官方活動、會議或文書等。V1 和 V2 的主語必須一致，由於 V1 表示目的或意圖，因此不能與表示過去的「았/었」或表示未來的「겠」結合使用。此文法可以替換為表示目的或意圖的表達方式，如「V기 위해서」或「V(으) 려고」。

例句：

뮤지컬 관련 강연을 요청 **드리고자** 합니다 .
想邀請您進行與音樂劇相關的演講。

형편이 어려운 사람들을 **돕고자** 얼마 전부터 자원 봉사를 시작했다 .
為了幫助有困境的人們，不久前開始了志工服務。

성인들을 위해 쓰인 동화 이야기
為成人所寫的童話故事 23

동화 속 만년 조연으로 출연하는 난쟁이를 주인공으로 등장시킨 한국 창작 뮤지컬 '난쟁이들'은 참신한 줄거리, 기존의 틀을 깬[1] 유머러스한 요소, 웃음을 선사하는 중독성 짙은 노래와 익살스럽고[2] 우스꽝스러운[3] 춤 등으로 줄곧 대중들의 관심과 사랑을 받고 있다. 뮤지컬이 흥행에 성공한 원인을 살펴보면[4] 다음과 같이 세 가지를 꼽을 수 있다.

韓國原創音樂劇《小矮人們》以童話故事中的萬年配角小矮人為主角，新奇的故事情節、打破現有框架的幽默滑稽元素、令人忍俊不禁的中毒性強烈歌曲和搞笑舞蹈等，一直備受關注和喜愛。若觀察此音樂劇深受喜愛的原因，可以分為以下三點。

먼저, 뮤지컬은 친숙한 동화 캐릭터를 가지고 새로운 모습을 선보였다는 점이다. 동화에서 만년 조연 캐릭터로 등장했던 난쟁이는 뮤지컬에서 주인공이 되었고, 동화 속 주연인 백마 탄 왕자는 관객들에게 박장대소[5] 를 자아내는 조연이 되는가 하면 용감하게 사랑을 위해 희생한 인어공주는 사랑을 쉽사리 믿지 못하는 사람으로, 가엽고 불쌍한[6] 백설공주는 인생의 우여곡절[7] 을 겪으며 욕정을 이기지 못하는 음탕한 여자로 변했다. 가난에서 탈출했던 신데렐라도 돈만 밝히는 속물[8] 로 변모했다. 이렇게 뮤지컬은 동화 속에 등장하는 캐릭터들에게 모두의 상상을 뒤엎는 새로운 모습을 부여하며 관객들의 눈길을 사로잡는 데 성공했다.

首先，音樂劇展現了大眾熟知的童話故事角色新面貌。童話裡的萬年配角小矮人，在劇中成為了主角，而原本的主角白馬王子，反而成了引發觀眾爆笑的綠葉配角，勇敢為愛犧牲的人魚公主，變得不敢輕易相信愛情，楚楚可憐的白雪公主變成了歷盡人生曲折、欲求不滿的慾女，脫離貧困的灰姑娘則成為只知道錢的庸俗之人。此劇賦予大眾熟悉的童話故事角色嶄新的面貌，顛覆大家的想像，也吸引觀眾目光。

그다음으로는, '난쟁이들'은 상상을 초월한 이야기 전개로 대중이 알고 있는 동화에 대한 인식을 뒤집어버렸다는[9] 점이다. 풍부한 상상력을 동원해 실생활에서 벌어지는 상황이 극 중에 녹아 들어가는 한편 웃기고 재미있는 '19 금' 이야기가 더해져 명실상부하게[10] 성인을 위한 동화로 거듭났다. 왕자가 자신의 끓어오르는 성욕을 만족시켜 주지 못해 우울해진 백설공주, 끓어오르는 돈에 대한 욕심에 사로잡혀 부자 남편을 갈망하는[11] 신데렐라, 사랑을 위해 희생했지만, 오히려 이용당했다는 말을 듣는 인어공주, 공주와의 교제를 통해 인생을 바꿔 보고 싶어하는 난쟁이들, 각자의 행복을 위해 고군분투하는[12] 등장인물의 욕망이 서로 얽히고설키면서[13] 원작과 달리 동화보다 더 동화적인 로맨틱 코미디 작품이 되어 웃음을 선사했다.

接著是超乎想像的劇情發展。運用豐富的想像力將現實生活情節融入劇情中，並添加令人哭笑不得的19禁劇情，是名符其實為大人所寫的童話故事。因王子無法滿足自己的性慾而陷入憂鬱的白雪公主、貪戀金錢一心渴望金龜婿的灰姑娘、為愛犧牲反而聽說自己被利用的人魚公主，以及想藉由與公主交往而逆轉人生的小矮人們，每個人物都為了自己的幸福努力奮戰著，當各自的欲望交織在一起，最終與原作不同，變成了一部比童話更童話的愛情喜劇作品，帶來了無數笑聲。

끝으로, 기발한 마케팅 전략도 인기를 끄는 데 한몫했다[14]. 웃기기로 작정하고 만들었다는 것이 작품 본래의 의도이다. 이에 걸맞게 이 뮤지컬은 초연 이후 독창적인 마케팅 기법을 선보여 더욱 유명해졌다. '난쟁이들' 제작팀은 다른 작품의 개막을 축하한다며 해당 공연 티켓에 난쟁이들의 기념 티켓도 함께 인쇄해 다른 작품 관객들에게 배포하는가 하면 '겨울왕국'의 엘사부터 오페라 '아이다'의 암네리스에 이르기까지 다른 작품에 등장하는 여러 공주들이 초청되어 특별 출연했다. 이러한 기발한 난센스 (nonsense) 마케팅은 사람들에게 깊은 인상을 심어주기에 충분했다.

最後，創意的行銷策略也在人氣提升方面發揮了重要作用。這部作品的初衷是讓觀眾捧腹大笑，與此相符，此劇從首演開始便以獨創的行銷手法聞名，製作團隊曾經為了慶祝其他劇開演，在該劇門票上也一起印了《小矮人們》的紀念票給其他劇的觀眾，亦曾邀請其他作品的公主——電影《冰雪奇緣》中的艾莎公主，以及音樂劇《阿依達》中的安納莉絲公主——特別參與演出，這種無厘頭的行銷手法讓人們留下深刻的印象。

또한, 오연 때는 처음으로 공연에서 웃음을 유발하는 코미디 요소를 짧은 영상인 숏폼 형태로 제작해 홍보했다. 이러한 숏폼은 SNS 에서 회자되면서 큰 화제로 부상했다. 이러한 입소문 덕분에 마니아는 물론 일반 관객들까지 끌어들이는 데 성공을 거뒀다. 공연이 중후반에 접어들자, 전석 매진 행렬이 이어졌다. 관객들의 뜨거운 호응에 힘입어 공연은 특별히 일주일 더 연장됐다.

除此之外，在第五季演出時，第一次以現場引發爆笑的喜劇元素，以短影片的方式行銷。這些短影片在 SNS 上引發熱議，迅速成為話題。多虧這樣口耳相傳，除了狂熱粉絲，也成功吸引到一般觀眾。隨著演出進入中後期，全場次皆售罄，並在觀眾的熱烈響應下，特別加演一週。

모두에게 익숙한 동화가 현실 속으로 녹아든다. 겉보기[15] 에는 단순한 이야기지만 그 뒤에는 인간이 모르는 비밀이 숨어 있다. 그저 평범했던 동화가 갑자기 맛깔스러워지는 것은 이 뮤지컬의 독특한 매력이다. 이 뮤지컬은 대학로에서 웰메이드 창작 코미디극이 성공할 수 있는 이정표[16] 가 됐다.

將大家熟悉的童話故事融入現實生活中，外表看似單純的故事，背後卻隱藏不為人知的祕密。原本平凡無奇的童話頓時充滿趣味，這正是《小矮人們》的獨特魅力所在，這部劇也成了喜劇在大學路獲得成功的里程碑。

01 기존의 틀을 깨다：打破現有框架
02 익살스럽다：滑稽的、幽默的
03 우스꽝스럽다：滑稽的、幽默的
04 살펴보다：觀察、查看
05 박장대소 (拍掌大笑)：捧腹大笑
06 가엽고 불쌍하다：楚楚可憐的
07 우여곡절 (迂餘曲折)：曲折
08 속물 (俗物)：俗氣之人
09 뒤집다：翻轉、顛覆
10 명실상부하다 (名實相符)：實至名歸
11 갈망 (渴望) 하다：渴求
12 고군분투 (孤軍奮鬪) 하다：孤軍奮戰
13 얽히고설키다：錯綜複雜
14 한몫하다：發揮作用、做出貢獻
15 겉보기：外表、外貌
16 이정표 (里程標)：里程碑

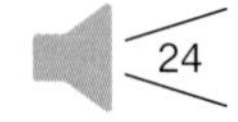

V는 데(에)

文法說明：

행동이나 동작 (V) 에 대한 전체를 의미하는데 , 여기서 '데'는 일이나 사건을 나타내는 '것'으로 보는 것이 일반적이며 , 때로는 장소를 나타내는 '곳'이나 만일의 상황을 나타내는 '경우' 등으로 이해되기도 한다 .

表示與行為或動作 (V) 相關的整體，其中「데」通常被視為表示事情或事件的「것」，有時也可以理解為表示地點的「곳」或表示突發狀況的「경우」等。

例句：

한국 공연 문화를 이해하는 데 뮤지컬 관람은 필수다 .
理解韓國的公演文化，觀看音樂劇是必不可少的。

잠재 고객을 확보하는 데 가장 좋은 방법 중의 하나는 기발한 마케팅으로 입소문을 유도하는 것이다 .
吸引潛在顧客最好的方法之一，是通過創意行銷來引發口碑。

07 창작 뮤지컬 '어쩌면 해피엔딩'
原創音樂劇《也許是美好結局》

작품 소개 作品介紹 25

한국 창작 뮤지컬 '어쩌면 해피엔딩'은 관객들의 사랑을 꾸준히 받아온 대학로 소극장 작품으로 로봇의 이야기를 통해 인간이 느끼는 감정의 가치를 다시 생각하게 한다. 2014 년 우란문화재단이 기획, 개발한 이 뮤지컬은 박천휴가 가사를 쓰고, 미국 작곡가 윌 애런슨이 곡을 썼다. 극본은 두 사람이 함께 썼다. 2015 년 리딩 및 트라이아웃 공연에 이어 2016 년 뉴욕에서 리딩 공연을 거친[1] 뒤 같은 해 정식 초연됐다. 초연을 관람한 관중들의 열렬한 호응에 힘입어[2] 2017 년 앙코르[3] 공연도 열렸다. 이어 이듬해[4] 에도 재연됐다. 2020 년부터 CJ ENM 뮤지컬이 제작을 책임지[5] 면서 2020 년 삼연, 2021 년 사연, 2024 년 오연의 막이 올랐다.

韓國原創音樂劇《也許是美好結局》是部深受觀眾喜愛的大學路小劇場作品，透過機器人的故事，令人重新思索人類感情的價值。該劇 2014 年由 Wooran Foundation 企劃開發，由 Hue Park 作詞、美國作曲家 Will Aronson 作曲，並由兩人共同編劇，歷經 2015 年讀劇及 Tryout 試演、2016 年赴紐約讀劇演出、同年正式首演。首演觀眾反應熱烈，而後於 2017 年進行安可演出、於隔年二演。2020 年開始由 CJ ENM Musical 負責製作，並於 2020 年三演、2021 年四演、2024 年五演。

'어쩌면 해피엔딩'은 가까운 미래인 21 세기 후반 서울을 배경으로 인간을 돕기 위해 지능형 로봇[6] '헬퍼봇' 올리버 (Oliver) 와 클레어 (Claire) 의 이야기를 그렸다. 이미 구형 로봇이 되었기 때문에 인간에게 버림 받은 이들은 인간이 버린 낡은[7] 아파트에서 각자 고독한[8] 삶을 살아간다.

《也許是美好結局》以不久的未來，21 世紀下半葉的首爾為故事背景，講述為了幫助人類而打造的智能機器人「Helperbot」奧利佛和克萊爾的故事。因為已經成為舊型機器人，被人類拋棄的兩人，在被人們廢棄的舊公寓裡，各自過著孤單的生活。

어느 날 클레어는 고장 난 충전기 때문에 도움을 청하고자[9] 올리버의 집 문을 두드리게[10] 된다. 둘은 서로의 존재를 알게 되면서 점점 가까워진다. 올리버는 제임스(James)라는 주인을 찾으려고 제주도에 갈 돈을 모으고 있었고, 마침[11] 클레어도 반딧불[12]을 보고자 제주도에 가고 싶어 하던 터라 서로 다른 소망으로 생각지 못한 여행을 함께 떠난다. 서로를 사랑하지 않기로 한 약속은 지켜지지 않으면서 여행 중 이들은 인간의 가장 복잡한 감정을 학습하게 된다.

有一天，因為克萊爾的充電器故障，而敲了奧利佛的房門請求幫助。他們意識到彼此的存在，並逐漸變得親近。奧利佛為了尋找主人詹姆士正籌錢欲前往濟州島，正好克萊爾也想去濟州島看螢火蟲，因為不同的願望，而一同踏上意想不到的旅程。他們約定不能愛上對方，但最終沒有遵守承諾，在旅程中學到了人類最複雜的情感。

둘은 아파트로 돌아오고, 연인 사이로 발전한다. 내구성이 약한 클레어는 점점 망가져[13] 간다. 이를 걱정하는 올리버를 보며 마음이 아팠던 클레어는 보다 못해 둘의 관계를 정리하자고 한다. 둘은 관계가 깊어질수록 이에 따르는 아픔도 커진다는 것을 깨닫는다. 그리하여[14] 둘은 서로를 위해 최후의 선택을 한다. 둘이 함께한 소중하고 아름다운 추억을 삭제하는 것이었다.

回到公寓的兩人發展為戀人關係，而耐久性較差的克萊爾逐漸損壞。看到奧利佛為此擔心，讓克萊爾感到心痛，於是決定整理兩人的關係。他們意識到感情越深，隨之而來的痛苦也越強烈，因而決定為彼此做出最後的選擇，刪除兩人一起度過的珍貴又美好的記憶。

'어쩌면 해피엔딩'은 지난 2015년 트라이아웃에서 전회차 매진 기록을 세웠다. 그 후 시즌마다 관중들의 큰 관심과 사랑을 받았다. 김재범, 정문성, 정욱진, 전성우, 양희준 등이 줄곧[15] 주인을 기다리는 올리버 역을 맡았고, 전미도, 최수진, 강혜인, 홍지희, 박진주 등이 올리버보다 인간에 더 가까운 성숙한 클레어 역을 맡았다.

《也許是美好結局》在 2015 年 Tryout 試演時就已創下全場次售罄的紀錄，之後的每一季演出也都深受觀眾的關注和喜愛，金宰範、丁文晟、鄭旭珍、全晟佑、梁熙俊（音譯）等人都曾演過一直等待主人的奧利佛一角，田美都、崔秀珍、姜慧仁、洪智熙（音譯）、朴昣奏等人都曾演過比奧利佛更人性化、更成熟的克萊爾一角。

이 작품은 2017년 해외에도 진출했다. 2017년 일본 공연뿐만 아니라 영어 버전으로 제작되어 2020년 미국 애틀랜타[16]에서 트라이아웃이 진행됐다. 2024년 10월 브로드웨이에서도 막이 올랐다. 일본과 중국에서도 뮤지컬 판권을 사들여 일본어판과 중국어판을 제작했다.

這部作品也在 2017 年進軍海外市場，除了 2017 年曾赴日本演出外，該劇英語版製作也在 2020 年於美國亞特蘭大進行 Tryout 試演，並在 2024 年 10 月登上百老匯舞台。日本及中國亦購買此劇版權，製作日語版及中文版演出。

單字

01 거치다：經過、經歷
02 호응 (呼應) 에 힘입다：獲得迴響
03 앙코르 (encore) ：安可
04 이듬해：第二年
05 책임 (責任) 지다：負責
06 지능형 (智能型) 로봇 (robot) ：智能機器人
07 낡다：老舊的、破舊的
08 고독 (孤獨) 하다：孤單的
09 청 (請) 하다：請求；邀請
10 두드리다：敲、拍
11 마침：正好、剛好
12 반딧불：螢火蟲
13 망가지다：損毀、壞掉
14 그리하여：所以、因而
15 줄곧：一直、總是
16 애틀랜타 (Atlanta) ：亞特蘭大

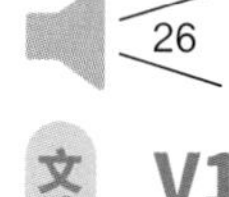

文法

V1던 터라 V2

文法說明：

'V1던 터라 V2'는 인과관계 문법 중 하나로 주어가 처한 형편이나 기회를 보여 주며 이러한 상황이 이유나 근거가 되어 결과적으로 다음 동작이 발생한다는 말이다. 'V1던 상황이라서 V2'정도로 바꿔 쓸 수도 있다.

「V1던 터라 V2」 是表達因果關係的文法之一，展示了主語所處的狀況或機會，並表明這種情況成為了下一動作發生的原因或依據。可以替換成「V1던 상황이라서 V2」使用。

例句：

나는 수년간 한국 뮤지컬을 빠짐없이 봐 **왔던 터라** 제목만 들어도 주인공들 이름이 생각난다.
我多年來從不錯過韓國音樂劇，所以只要聽到劇名，就能想起主角的名字。

클레어는 올리버의 말로 슬픔에 빠져 **있던 터라** 그와 눈만 마주쳤을 뿐인데 눈가에 눈물이 고였다.
克萊爾因奧利佛的話而陷入悲傷，僅僅和他對視了一眼，眼淚便湧出眼眶。

로봇을 소재로 감동 전달에 성공하다
以機器人為題材，成功傳達感動 27

한국 창작 뮤지컬 '어쩌면 해피엔딩'은 창작 뮤지컬 '번지점프를 하다'이후 윌 애런슨과 박천휴의 두 번째 협업 작품이다. 이 둘은 2008 년 미국 뉴욕대학교에서 처음 알게 돼 관심사가 비슷하다는 이유로 금세[1] 친구가 된 것으로 알려졌다.
韓國原創音樂劇《也許是美好結局》是 Will Aronson 和 Hue Park 繼原創音樂劇《高空彈跳》後合作的第二部作品，這兩人於 2008 年在美國紐約大學初次見面，因為興趣相似，很快就成為了朋友。

한 명은 미국에서 오랫동안 거주한[2] 한국인이고, 다른 한 명은 한국에서 활동해 온 미국인이다. 두 사람이 협업한 이 작품의 배경이 한국이며 한국적 색채가 물씬 풍기는 점이 특이하다. 이러한 매력으로 한국에는 이들의 마니아층[3] 이 형성되어 있으며, 이들은 '윌앤휴'라고 불리며 뮤지컬 크리에이터[4] 로 인정받았다.
一位是住在美國很久的韓國人，另一位則是在韓國活動的美國人，兩人合作的作品都是以韓國為背景，但卻不是只有散發韓國的色彩，這是他們的獨特之處。在這樣的魅力下，兩位音樂劇創作者不僅深受韓國劇迷喜愛，也被劇迷稱作「Will & Hue」。

윌앤휴가 처음으로 협업한 뮤지컬은 '바운스'로 동명의 영화를 각색한 작품이었다. 하지만 '어쩌면 해피엔딩'은 이들이 함께 처음 제작한 작품이라는 점에서 의미가 깊다. 박천휴는 어느 날 카페에서 영국 밴드 블러의 리드 싱어 데이먼 알반 (Damon Albarn) 이 부르는 '에브리데이 로봇'을 듣게 됐다. 이 노래에는 휴대전화만 쳐다보는[5] 현대인들을 로봇에 비유한 내용이 담겼다. 박천휴는 "이 노래의 노랫말[6] 에서 '어쩌면 해피엔딩'에 대한 영감을 얻었다"고 말했다.
Will & Hue 第一部合作的音樂劇《高空彈跳》改編自同名電影，而《也許是美好結局》是他們首次共同創作的故事，因此意義重大。Hue Park 某天在咖啡廳聽到英國樂團 Blur 的主唱戴蒙亞邦唱的〈Everyday Robots〉，將現代人比喻為如同盯著手機返家的機器人，他表示歌詞令他印象深刻且深受感觸，並從中獲得了《也許是美好結局》的創作靈感。

'어쩌면 해피엔딩'은 로봇을 주인공으로 한 참신한[7] 스토리 전개[8] 로 관객들의 시선을 사로잡는다. 재즈[9] 와 클래식의 아름답고 우아한 선율과 심금을 울리는 노랫말을 통해 로봇이 인간을 이해했을 때 겪게 되는 설렘과 혼란을 매우 섬세하게 표현했다. 감정과 사랑 이야기가 뮤지컬에 담겨 있지만, 뮤지컬은 사랑에 대해 대놓고[10] 찬양하는[11] 것이 아니라 인간의 감정을 모방하고 배우는 로봇의 차가움과 무뚝뚝함[12] 을 가지고 인간이 느끼는 사랑이라는 감정과 대비시키면서 사랑의 가치를 십분[13] 부각했다[14].

《也許是美好結局》以機器人為主角，新奇的故事發展吸引觀眾目光。透過爵士樂和古典樂美妙優雅的旋律及扣人心弦的歌詞，細膩呈現機器人在理解人類感情時所經歷的心動和困惑。雖然是講述情感和愛情的故事，但不是直接歌頌愛情，而是用機器人來模擬人類的感情，機器人冰冷生硬的形象與人類情感呈現明顯對比，充分凸顯愛情的價值。

로봇의 사랑 이야기를 이용한 참신한 설정을 통해 인간의 가장 순수하고 단순한 감정을 전달해 감정을 지닌다는 것의 의미와 가치에 대해서 다시 생각하게 한다. 이 덕분에 지난 2016 년 초연 당시 엄청난 반향을 불러일으키며 현재까지 사랑받고 있다. 이 작품 이후로 '땡큐 베리 스트로베리', '로빈', '유앤잇', '오즈' 등 로봇 관련 뮤지컬이 연달아 무대에 쏟아졌다[15]. 이렇게 높은 인지도를 지닌 '어쩌면 해피엔딩'은 한국 창작 뮤지컬의 새로운 지평[16] 을 열었다고 할 수 있다.

這部劇透過新穎的劇情設定，以機器人的愛情故事，傳遞人類最純真、最單純的情感，令人重新思考情感的意義和價值，因此在 2016 年首演時就引起廣大迴響，直到現在仍深受喜愛。在這部作品之後，《Thank You Very Strawberry》《Robin》《You & It》《OZ》等機器人相關題材音樂劇接連上演。由此可見《也許是美好結局》這部家喻戶曉的作品，開啟了韓國原創音樂劇的新篇章。

01 금세：立刻、馬上
02 거주 (居住) 하다：住
03 마니아 (mania) 층 (層) ：狂熱愛好群
04 크리에이터 (creator) ：創作者
05 쳐다보다：看、望
06 노랫말：歌詞
07 참신 (斬新) 하다：嶄新的、新穎的
08 전개 (展開) ：展開、發展（過程）
09 재즈 (jazz) ：爵士樂
10 대놓고：直接了當地、毫無顧忌地
11 찬양 (讚揚) 하다：讚揚、歌頌
12 무뚝뚝하다：生硬的、笨拙的
13 십분 (十分) ：十分地、充分地
14 부각 (浮刻) 하다：凸顯、刻劃
15 쏟아지다：湧現（一下子聚集很多）
16 지평 (地平) ：地面；局面、前景

N을/를 가지고

文法說明：

'N을/를 가지고' 는 수단, 도구, 방법을 사용해서 뒷부분의 행동을 한다는 의미다. N은/는 수단, 도구, 방법에 관한 명사를 넣어 사용한다.

「N을/를 가지고」表示使用某種手段、工具或方法來進行後續的行動。N是關於手段、工具或方法的名詞。

例句：

지금까지 쌓은 경험을 가지고 이 회사에서 열심히 일하겠습니다 .
我會利用至今累積的經驗，在這家公司努力工作。

이 작품은 인공지능 로봇을 가지고 인간 내면의 세계를 표현했다 .
這部作品運用人工智慧機器人，表達了人類內心的世界。

08 라이선스 뮤지컬 '오페라의 유령'
授權音樂劇《歌劇魅影》

작품 소개 作品介紹 29

에스앤코

뮤지컬 '오페라의 유령'(The Phantom of the Opera)은 프랑스 작가 가스통 르루(Gaston Leroux)가 1910년 발표한 동명 소설을 원작으로 작곡가 앤드루 로이드 웨버(Andrew Lloyd Webber)가 작곡을 맡고, 작사는 리처드 스틸고(Richard Stilgoe)와 찰스 하트(Charles Hart)가, 극본은 웨버와 스틸고가 맡았다.

音樂劇《歌劇魅影》改編自法國作家卡斯頓・勒胡於 1910 年出版的同名小說，並由作曲家安德魯・洛伊・韋伯作曲、理查・史道格與查爾斯・哈特作詞，編劇由韋伯和史道格負責。

이 뮤지컬에는 19세기 파리 오페라 하우스 지하 깊숙한[1] 곳에 살면서 훌륭한 목소리를 타고났지만, 태어날 때부터 갖게 된 기형적[2]인 얼굴을 감추기 위해 가면[3]으로 얼굴을 가린 팬텀(Phantom; 유령), 무명의 아름다운 프리마돈나[4] 크리스틴(Christine), 크리스틴을 깊이 사랑하는 귀족 청년 라울(Raoul)이 펼치는 애정 이야기가 담겼다.

這部音樂劇講述 19 世紀住在巴黎歌劇院的地窖深處，戴著面具遮掩畸形外表的天才音樂家魅影、默默無聞的美麗女歌劇演員克莉絲汀、深愛她的貴族青年勞爾之間的愛情故事。

'오페라의 유령'은 무명의 발레단 단원이었던 크리스틴이 우연히 소프라노[5]로 발탁된다[6]. 그 뒤 크리스틴의 아름다운 목소리는 모두의 관심을 끌며 공연은 대성공을 거둔다[7]. 공연 도중 분장실[8]로 돌아온 크리스틴은 하얀 마스크를 쓴 팬텀에게 이끌려 지하 미궁 속으로 사라졌다. 돌연 크리스틴이 실종되자 혼란에 빠져버린 오페라 하우스 매니저는 팬텀에게서 크리스틴을 오페라의 여주인공으로 세우라는 내용이 담긴 경고장을 받는다. 하지만 매니저는 팬텀의 요구를 듣지 않는다. 그러자 극장에서는 기이한 사건들이 잇달아[9] 일어나기 시작한다. 라울은 겁에 잔뜩[10] 질린 크리스틴을 위로하고 달래며 사랑을 표현한다. 숨어서 서로 사랑하는 그들을 보며 슬픔을 느낀 팬텀은 치밀어[11] 오르는 분노와 함께 복수를 다짐한다[12].

《歌劇魅影》講述默默無名的芭蕾舞者克莉絲汀，偶然被提拔為歌劇女高音，她優美的聲音吸引眾人目光，演出大獲成功。演出中途回到化妝室的克莉絲汀被戴著白色面具的魅影吸引，消失在地下的迷宮中。因為克莉絲汀突然失蹤而陷入混亂的劇院經理，從魅影那裡收到警告信，要求讓克莉絲汀擔任女主角。然而劇院經理未聽從魅影的要求，歌劇院便開始接連發生離奇事故。克莉絲汀非常恐懼，勞爾安慰發抖的她並表明愛意，躲在一旁的魅影看著相愛的他們而感到悲傷，被憤怒火焰蒙蔽雙眼並誓言要復仇。

팬텀은 6 개월간 자취를 감춘다[13]. 평화가 다시 찾아온 것 같았던 오페라 하우스에 다시 팬텀이 등장하는 바람에 혼란에 빠진다. 팬텀은 오페라 하우스에 자신이 작곡한 오페라 '승리의 돈 주앙'(Don Juan Triumphant) 을 던져주며 크리스틴을 여주인공으로 선택해 무대에 올릴 것을 강요한다. 그러나 공연 당일, 팬텀은 남자 주인공으로 변신해 크리스틴을 납치한다[14]. 팬텀의 진상을 안 라울은 그를 따라 지하 미궁으로 따라 들어가지만, 팬텀에게 붙잡힌다. 크리스틴은 라울을 구하기 위해 팬텀과 키스를 한다. 이에 깊은 충격을 받은 팬텀은 서로 사랑하는 그들을 풀어준다. 경찰이 지하 미궁을 덮쳤을[15] 때는 그곳에는 하얀 마스크밖에 없다.

魅影消失 6 個月，原以為恢復平靜的歌劇院，又因魅影的現身再度陷入混亂。魅影強迫歌劇院演出他親手譜作的歌劇《唐璜的勝利》，並要求選擇克莉絲汀作為女主角登上舞台。但在演出當天，魅影化身為男主角，綁架了克莉絲汀。勞爾在得知魅影的真相後，緊跟著進入地下迷宮，但卻被魅影抓住。克莉絲汀為了拯救勞爾親吻了魅影，為此深受打擊的魅影釋放了相愛的他們，當警察突襲地下迷宮時，僅留下一個白色面具。

'오페라의 유령'은 1986 년 영국 런던 웨스트엔드에서 초연된 뒤 1988 년 미국 브로드웨이 진출에 이어 세계 여러 나라에서 순회공연이 펼쳐졌다. 한국어판의 경우 2001 년 초연을 시작으로 2009 년 재연, 2023 년 삼연됐다. 지난 20 년에 걸쳐[16] 세 시즌만 공연됐을 뿐이지만 시즌마다 센세이션을 불러일으켰다.

《歌劇魅影》於 1986 年在英國倫敦西區首演，於 1988 年登上美國百老匯舞台，並在各國巡演多次。該劇韓語版製作則於 2001 年首演，並於 2009 年二演、2023 年三演，韓語版製作在 20 幾年來雖然只演出三季，但每季演出都造成轟動。

2001년 초연에서 윤영석, 김장섭(얼터네이트), 2009년 재연에서 초연 캐스트 윤영석, 양준모, 홍광호, 2023년 최근 시즌에서는 조승우, 최재림, 김주택, 전동석이 팬텀 역을 맡으면서 20년간 총 8명의 배우가 한국에서 팬텀으로 등극했다.

繼 2001 年首演的尹英石（音譯）、金長燮（音譯；替補演員），到 2009 年的尹英石（首演嘉賓）加上二演的楊俊模（音譯）、洪光鎬，再到 2023 年最新一季的曹承佑、崔載林、金主澤及全東奭，這 20 餘年來，韓國總共誕生了 8 位魅影。

에스앤코

01 깊숙하다：深的、深處的
02 기형적（畸形的）：畸形的、奇形怪狀的
03 가면（假面）：面具
04 프리마돈나（prima donna）：（歌劇）女主角
05 소프라노（soprano）：女高音
06 발탁（拔擢）되다：提拔、選拔
07 거두다：取得、獲得
08 분장실（扮裝室）：化妝室
09 잇달다：連續、接連
10 잔뜩：非常地、嚴重地
11 치밀다：（情感）湧上
12 다짐하다：保證、誓言
13 자취를 감추다：銷聲匿跡、無影無蹤
14 납치（拉致）하다：挾持、綁架
15 덮치다：突襲、襲擊
16 걸치다：經過、歷時

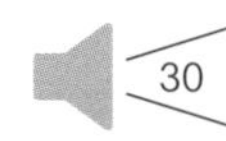

V1는 바람에 V2

文法說明：

앞의 내용(V1)은 행동이나 상태를 나타내며 뒤의 내용(V2)이 발생한 원인이나 이유가 된다. 이때 뒤의 내용은 문제가 발생했다는 내용을 담은 부정적인 결과를 나타낸다.

前面的內容（V1）表示行為或狀態，後面的內容（V2）則是發生的原因或理由。在這種情況下，後面的內容包含了問題發生的負面結果。

例句：

한 고등학생은 늦잠을 **자는 바람에** 시험장에 가지 못했다.
一位高中生因為睡過頭，沒能去考場。

그 공연에서 주연을 맡은 배우가 음주 운전으로 교통사고를 **내는 바람에** 예정된 공연이 모두 취소됐다.
因為在那場表演中擔任主角的演員酒駕造成交通事故，原定的所有演出都被取消了。

한국 뮤지컬의 전환점이 된 '오페라의 유령'
韓國音樂劇的轉捩點《歌劇魅影》 

에스앤코

한국 뮤지컬 발전사를 이야기하노라면 단연 '오페라의 유령'을 빼놓을 수 없다. 한국은 미국 뉴욕 브로드웨이, 영국 런던 웨스트엔드에 이어 세 번째로 큰 뮤지컬 시장으로 부상하면서[1] '아시아의 브로드웨이'로도 불린다. 이는 모두 뮤지컬 '오페라의 유령' 덕분이다. 한국어판 '오페라의 유령'은 2001 년 초연되면서 한국 뮤지컬 발전에 전환점이 되었다.

說到韓國音樂劇發展史，絕不能不提到《歌劇魅影》。韓國之所以能成為第三大音樂劇市場，僅次美國紐約百老匯及英國倫敦西區，甚至被稱為「亞洲百老匯」，都歸功於音樂劇《歌劇魅影》。2001 年首演的《歌劇魅影》韓語版製作，成為韓國音樂劇發展的轉捩點。

2001 년 당시 서울에 있던 대형 극장으로는 LG 아트센터, 예술의 전당, 세종문화회관, 국립극장 등 4 곳에 불과했다[2]. 대만과 마찬가지로 극장이 부족한 탓에 장기 공연을 할 수 없는 상황이었다. 하지만 '오페라의 유령' 한국어판은 최대 2 주에 불과했던 공연 기간 제한을 극복해 무려[3] 7 개월이라는 기간에 걸쳐 공연을 이어 가면서 극장 부족 현상을 이겨냈다. 공연 확정 당시 개관 1 년도 채 되지 않았던 LG 아트센터는 이 덕분에 140 억 원 규모의 뮤지컬 시장에서 190 억 원의 매출을 올렸다.

2001 年當年，首爾只有 LG 藝術中心、藝術殿堂、世宗文化會館、國立劇場這 4 座大型劇場，跟台灣一樣面臨劇場不足無法長期演出的狀況。但是韓語版《歌劇魅影》克服了演出檔期僅 2 週的限制，將演出時間延長至長達 7 個月，成功解決了劇場不足的問題。當演出確定時，LG 藝術中心開館不到 1 年，而因為這部作品，它在規模 140 億韓元的音樂劇市場中，創下 190 億韓元的票房收入。

'오페라의 유령' 한국판 초연의 성공은 우연이 아니었다. 철저한[4] 시장 조사와 완벽한 마케팅 전략이 성공의 기반이 됐기 때문이다. 이는 한국에서 뮤지컬을 산업화할 수 있는 가능성을 보여준 것이다. 돈 냄새를 맡은 기업들은 대규모 자본을 쏟아붓는 한편 뮤지컬 판권 구매를 위해서 제작사를 설립하는가 하면 뮤지컬 전용 극장까지 짓기 시작했다. 뮤지컬 극장의 증가로 뮤지컬 공연도 점점 늘어남에 따라 경쟁이 더욱 가열되고 시장은 급속도로 확대되면서 한국 뮤지컬 산업은 왕성하게[5] 발전해 나갔다. '오페라의 유령' 한국판이 초연된 2000 년대는 한국 뮤지컬이 급속도로 발전한 것으로 평가되면서 한국 뮤지컬의 '르네상스[6]'를 맞이한 시기로 꼽힌다.

韓國版《歌劇魅影》首演的成功並非偶然。經過縝密的市場調查與完善的行銷策略，它展現音樂劇產業化的可能性。嗅到商機的企業注入大量資金投資，甚至成立製作公司購買音樂劇版權，並開始興建音樂劇專用劇場。隨著音樂劇劇場增加，演出劇目越來越多，在高度競爭下，音樂劇市場急速擴大，音樂劇產業才得以蓬勃發展。2000 年代，也就是韓國版《歌劇魅影》首演後的這段時期，音樂劇產業迅速發展，被稱為韓國音樂劇的「文藝復興」時期。

한국판 '오페라의 유령'은 획기적[7] 인 마케팅 전략이 많은 것으로 알려졌다. 당시에는 공연 시작 한두 달 전이 돼서야 예매가 시작되는 것이 일반적이었지만 오페라의 유령은 초연 네댓 달 전부터 예매와 홍보를 시작했다. 이는 공연 기간이 최초로 7 개월에 달했기[8] 때문이다. 각 공연의 티켓 판매율을 끌어올리기[9] 위해 단계적 티켓 판매 방식도 도입됐다. 이러한 티켓 판매 방식은 현재까지 널리[10] 사용되고 있다.

韓國版《歌劇魅影》有許多劃時代的行銷策略，當時通常是開演前一、兩個月才開始售票，《歌劇魅影》破格提早至四、五個月前就開始售票及宣傳。因為是首次長達 7 個月的演出，為了提高各場次售票率，而採分階段售票，這種售票方式也一直沿用至今。

그뿐만 아니라 장기 공연이라는 압박에 직면한 제작사들은 끊임없는 입소문[11] 마케팅으로 사람들의 관심을 끌어들이고자 했다. 일례[12] 로, 100 번째 공연을 앞두고 제작사는 의미 있는 순간을 기념한다며 다양한 이벤트를 마련했다[13]. 제작사는 마스크를 쓴 팬텀 그룹을 조직해 거리 홍보에 열을 올리는가 하면 해당 공연의 무대도 더욱 세심하게 꾸몄다[14]. 심지어 공연장을 찾은 관객들을 대상으로 팬텀 분장 이벤트를 벌여[15] 잊지 못할 추억을 선사했다. 이러한 이벤트는 당시로서는 전례 없는 마케팅 방법이었다.

另外，面對長期演出的壓力，製作公司持續製造話題熱度，以吸引觀眾注意力，例如在第 100 場演出時，為紀念深具意義的這一刻，製作公司籌備了各式各樣的活動，他們特別請一群戴著面具的魅影們上街頭宣傳，也精心佈置了劇場，甚至還為來到劇場的觀眾舉辦魅影妝容活動，給他們留下難忘的回憶，這都是當時前所未見的行銷手法。

이에 앞서 한국 뮤지컬의 홍보 예산은 매우 적었다. 하지만 '오페라의 유령' 한국판은 이후에 한국 공연계는 오페라의 유령처럼 [기획 - 제작 - 마케팅] 이라는 단계별 콘텐츠를 만들어 홍보하는 방법을 취하고 있다. 이렇듯 오페라의 유령은 한국 뮤지컬 역사에 전설이 되어 지금까지도 한국 공연계에 깊은 영향을 미치고[16] 있다.

在此之前，韓國音樂劇宣傳預算非常有限，但從韓國版《歌劇魅影》之後，韓國公演界開始採用「企劃 – 製作 – 行銷」的宣傳手法，《歌劇魅影》是韓國音樂劇史上的傳奇，至今仍深深影響韓國公演界。

01 부상 (浮上) 하다 : 成長、躍升
02 불과 (不過) 하다 : 不超過、僅有
03 무려 (無慮) : 足有 (用於表示數量的詞語前面)
04 철저 (徹底) 하다 : 縝密的、一絲不苟的
05 왕성 (旺盛) 하다 : 蓬勃的、活躍的
06 르네상스 (Renaissance) : 文藝復興
07 획기적 (劃期的) : 劃時代的、重大的
08 달 (達) 하다 : 達到、長達
09 끌어올리다 : 提高、抬高
10 널리 : 廣泛地
11 입소문 (所聞) : 傳聞、話題
12 일례 (一例) : 一個例子
13 마련하다 : 籌備、舉辦
14 꾸미다 : 裝飾、佈置
15 벌이다 : 舉辦、召開
16 영향을 미치다 : 造成影響

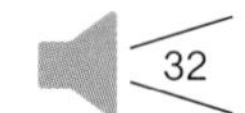

V1노라면 V2

文法說明 :
어떤 행동(V1)을 반복 또는 계속하는 중에 다른 일이나 새로운 사실이 저절로 생겨 이(V2)를 알게 될 때 사용한다. 다시 말해 조건과 결과에 해당하는 문법으로, 행동(V1)을 지속할 경우 결과(V2)가 생긴다는 의미이다.
用於描述在反覆或持續進行某種行為 (V1) 的過程中,自然而然地發生了其他事情或得知了新事實 (V2)。換句話說,這是一種表達條件與結果的語法,意思是當某行為 (V1) 持續進行時,會產生結果 (V2)。

例句 :
사람이 세상을 살아가노라면 우는 날도 있고 웃는 날도 있다 .
人活在世上,有哭的日子,也有笑的日子。

이 뮤지컬 노래를 듣노라면 걱정과 근심이 눈 녹듯이 사라지면서 마음이 편안해져요 .
聽著這部音樂劇的歌曲,煩惱和憂愁就像冰雪消融般消失,心情變得平靜。

09 라이선스 뮤지컬 '지킬 앤 하이드'
授權音樂劇《變身怪醫》

작품 소개 作品介紹 33

뮤지컬 '지킬 앤 하이드'(Jekyll and Hyde) 는 영국 작가 로버트 루이스 스티븐슨 (Robert Louis Stevenson) 이 1886 년 출판한 소설 '지킬 박사와 하이드'(The Strange Case of Dr Jekyll and Mr Hyde) 를 원작으로, 레슬리 브리커스 (Leslie Bricusse) 가 극본과 작사를, 프랭크 와일드혼 (Frank Wildhorn) 이 작곡를 맡은 작품이다. 이 뮤지컬은 각각 선과 악을 대표하는 지킬 (Jekyll) 과 하이드 (Hyde) 를 통해서 인간 본성의 이중성[1] 과 인간 내면의 선과 악의 충돌[2] 을 이야기한다.

音樂劇《變身怪醫》改編自英國作家羅伯特・路易斯・史蒂文森於 1886 年出版的小說《化身博士》，由萊斯里・布里庫斯編劇暨作詞、弗蘭克・懷德霍恩作曲，該劇透過分別代表善與惡的傑奇和海德，講述人性的雙重性，以及內心善與惡衝突的故事。

오디컴퍼니 주식회사

뮤지컬 '지킬 앤 하이드'는 1888 년 런던을 배경으로 한다. 훌륭한 의사이자 과학자 헨리 지킬 (Henry Jekyll) 은 사랑하는 연인 엠마 (Emma) 와 결혼을 앞두고 있다. 겉[3] 으로는 사랑과 일에 성공을 거머쥔 듯하지만, 그는 남들 모르는 고민을 안고 있다. 그는 아버지와 정신질환으로 고통받는 환자들을 위해 인간의 정신에서 선과 악을 분리할[4] 수 있는 약물을 적극적으로 개발한다. 하지만 이사회의 반대로 인해 임상[5] 시험을 실시할 수 없게 된다.

音樂劇《變身怪醫》以 1888 年的倫敦為背景，亨利・傑奇是優秀的醫生和科學家，即將與心愛的戀人艾瑪結婚。看似愛情與事業兩得意的他，卻有個不為人知的煩惱，他為了父親與為精神疾病所苦的患者們，積極研發能夠從人的精神中將善與惡分離的藥物，卻因為理事會的反對，無法進行臨床試驗。

이를 알게 된 그의 친구는 낙담한[6] 지킬 박사의 기분을 풀어주고자 클럽으로 데리고 간다. 그는 그곳에서 학대당하던[7] 댄서 루시(Lucy)를 구출해 낸다. 루시가 자신에게 처음으로 친절을 베푼[8] 사람인 지킬 박사에 감동한 나머지 그에게 호감도 느끼게 된다. 지킬 박사도 루시로부터 영감을 얻었다. 자기 혼자만이 자신의 연구를 끝낼 수 있다고 믿게 된 지킬 박사는 귀가한 뒤에 자신을 임상 시험 대상으로 삼고는[9] 체내[10]에 약물을 주입한다.

傑奇博士的朋友得知此事，帶著灰心喪氣的他到一家俱樂部放鬆心情，他在那解救了遭受虐待的舞者露西，露西第一次被善意對待，因此對傑奇博士產生好感，傑奇博士也從露西身上得到靈感，意識到這項研究只有他自己能夠完成，返家後便將自己當作實驗對象，注射藥物至體內。

지킬 박사는 인격에서 선악을 성공적으로 분리해 낸다. 분리된 내면의 어두운 그림자는 사악한[11] '에드워드 하이드'(Edward Hyde)가 된다. 내면의 악인 하이드는 통제할[12] 수 없는 지경에 이르면서 조금씩 지킬 박사를 삼켜[13] 간다. 지킬 박사가 하이드의 위험성을 깨달았을 때는 이미 수습할 수 없을 만큼 상황이 커져 버린 뒤였다. 결국 그는 내면의 악마를 제거하기[14] 위해 자신을 희생하기로 결심한다.

傑奇博士成功地將人格中的善與惡分離，他內心的陰影幻化為邪惡的愛德華·海德。後來海德越來越失控，逐漸吞噬傑奇博士，當傑奇博士意識到海德的危險時，事情已經發展到不可收拾的地步，最後，他選擇犧牲自己，以消滅心中的惡魔。

'지킬박사와 하이드'는 1990년 미국에서 초연된 뒤, 1997년 브로드웨이에 입성했다[15]. 한국어판은 2004년 초연됐으며, 약 20년에 걸쳐 9차례 공연됐다. 2024년 말에는 초연 20주년을 기념하는 10번째 공연이 무대에 오를 예정이다.

《變身怪醫》在 1990 年於美國首演，於 1997 年登上百老匯舞台。該劇韓語版製作則於 2004 年首演，近 20 年來演出 9 次，並將在 2024 年底舉辦紀念 20 週年的第 10 季演出。

'지킬 앤 하이드'는 많은 남자 뮤지컬 배우들에게 가장 출연하고 싶은 작품으로, '지킬/하이드'도 가장 도전해 보고 싶은 역할로 꼽힌 바 있다. 명성이 자자한[16] 조승우의 경우, 지킬 앤 하이드에 출연해 누구나 아는 뮤지컬 배우로 자리매김했다. 그밖에, 류정한, 홍광호, 박은태, 전동석, 카이 등 인지도 높은 남자 뮤지컬 배우도 지킬 앤 하이드에 출연한 뒤 더욱 유명해졌다.

《變身怪醫》是眾多男音樂劇演員最想參演的作品，他們最想挑戰「傑奇／海德」的角色，而大名鼎鼎的曹承佑就是因為出演了《變身怪醫》，才成為家喻戶曉的音樂劇演員。此外，柳廷翰、洪光鎬、朴殷泰、全東奭、Kai 等知名男音樂劇演員，也都在參演這部作品後變得更有名。

01 이중성 (二重性) : 雙重性
02 충돌 (衝突) : 衝突、碰撞
03 겉 : 表面、表皮
04 분리 (分離) 하다 : 分離、脫離
05 임상 (臨床) : 臨床
06 낙담 (落膽) 하다 : 灰心、沮喪
07 학대 (虐待) 당하다 : 被虐待
08 베풀다 : 施捨、給予；擺、舉辦
09 삼다 : 當作、視為
10 체내 (體內) : 體內
11 사악 (邪惡) 하다 : 邪惡
12 통제 (統制) 하다 : 管制、控制
13 삼키다 : 吞、吞噬
14 제거 (除去) 하다 : 除掉、消滅
15 입성 (入城) 하다 : 進入
16 명성 (名聲) 이 자자 (藉藉) 하다 : 大名鼎鼎

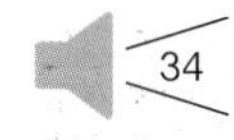

V을/ㄹ 만큼

文法說明：

뒤에 오는 말의 내용이 앞에 오는 말(V)과 비례하거나 비슷한 정도 혹은 수량임을 나타내는 표현이다. 대개 '만큼'은 '-은/ㄴ, 는, -을/ㄹ'뒤에 놓여 그와 같은 정도나 한도를 나타내거나 원인이나 근거의 뜻을 나타낸다.

表示後面的內容與前面的內容（V）成比例、程度或數量相似。通常「만큼」放在「- 은/ㄴ、- 는、- 을/ㄹ」後面，表示與其相同的程度或限度，或表示原因或依據。

例句：

그 뮤지컬은 말로 **표현할 수 없을 만큼** 재밌었다 .

那部音樂劇很有趣，簡直無法言喻。

참을 수 없을 만큼 화가 나는 상황은 "**참을 만큼** 참았으니 더 이상 못 참겠다" 하는 순간이다 .

無法忍受的憤怒情況就是「能吞忍的都忍了，再也忍不下去了」的那瞬間。

지금 이 순간 펼쳐지는 신화
現在這瞬間展開的神話 35

오디컴퍼니 주식회사

뮤지컬 '지킬 앤 하이드'를 한국에서 처음 접한 사람이라면 원작이 브로드웨이에서 흥행에 성공하지 못했고, 심지어 조기 폐막[1] 까지 했다는 사실을 믿기 힘들 것이다. 그러면, 이 뮤지컬이 왜 2004 년에 한국에 진출한 뒤 히트작[2] 이 됐을까? 주요 원인으로 아래와 같이 세 가지를 들 수 있다.

在韓國才初次接觸到音樂劇《變身怪醫》這部作品的人，應該很難想像《變身怪醫》在百老匯其實不算成功，甚至還提早落幕。那為何韓國在 2004 年引進這部劇後會成為熱門劇目呢？主要有以下三個原因。

첫 번째 이유는 이 작품이 한국인의 취향과 딱 맞았기 때문이다. 미국 관객들 대부분은 뮤지컬에 대해 심신[3] 을 완화시켜[4] 주는 여가 활동이라고 여기기 때문에 무거운 내용의 작품보다는 유머가 넘치고 웃음을 줄 수 있는 작품을 더 선호한다. 반면, 한국 관중들은 구성이 탄탄하고 주제[5] 가 무거운 작품을 선호한다. 한국에서는 비극이 희극보다 더 많이 주목받는다.

第一個原因是劇情符合韓國人的喜好。美國觀眾多把音樂劇當作放鬆身心的休閒娛樂，比起劇情沉重的作品，他們比較喜歡幽默、能令人大笑的作品。但韓國觀眾則喜歡劇情緊湊、題材較沉重的作品，在韓國，悲劇比喜劇更受到矚目。

지킬 앤 하이드의 원작 소설은 매우 유명하지만 인간 본성에 있는 선과 악의 갈등을 그려[6] 브로드웨이 관객들은 이를 무겁다고 여기면서 흥행도 기대에 미치지 못했다. 그렇지만 이러한 주제가 한국인들의 취향에 잘 맞아떨어지면서[7] 브로드웨이에서 조기 폐막한 작품이 한국에서 붐을 일으킨[8] 것이다.

雖然《變身怪醫》原著小說非常有名，但探討人性內心善惡掙扎的內容，對百老匯觀眾過於沉重，票房也不如預期，但這樣的題材正中韓國人的喜好，在百老匯提早落幕的作品卻在韓國掀起一股風潮。

두 번째 이유는 현지화에 성공했기 때문이다. 한국 뮤지컬 제작사 OD컴퍼니(이하 OD)는 원작과 완전 동일한 레플리카(Replica) 방식을 채택하는[9] 대신 논레플리카(Non-Replica) 방식을 채택해 한국어판의 라이선스를 받았다.

第二個原因是本土化的成功。韓國音樂劇製作公司 OD Company（以下簡稱 OD）並非採和原作完全相同的「完全複製」方式製作，而是採「非完全複製」的形式取得授權製作韓語版。

'지킬 앤 하이드'의 내용은 한국 관객들의 선호도에 부합하기[10] 때문에 원작을 그대로 들여오는 레플리카 방식을 채택할 수도 있었다. 하지만 OD 는 그대로 한국에 들여오는 것은 한국 관객들의 공감을 얻지 못할 수도 있다고 판단했다. 그리하여 작품은 한국 관객들의 입맛에 더욱 맞게 수정됐다. 이렇게 한국 시장을 철저히[11] 공략함으로써 현지화에 성공을 거둔 것도 '지킬 앤 하이드' 한국어판이 인기를 끌 수 있었던 비결이다.

《變身怪醫》的內容符合韓國觀眾喜好，所以也可以採取與原作一樣的完全複製方式，但 OD 認為原封不動地將原作搬到韓國，可能難以引起韓國觀眾共鳴，故又根據韓國觀眾的喜好修改。像這樣徹底攻下韓國市場，本土化的成功亦是《變身怪醫》韓語版製作深受喜愛的祕訣。

세 번째 이유는 관객들의 눈길을 사로 잡는 캐스팅 라인업[12] 이다. '지킬 앤 하이드'의 남자 주인공은 선량하고[13] 신념을 견지하는 지킬 박사를 연기해야 함은 물론 동시에 약물 실험을 통해 분리된 악인 하이드를 연기해야 한다.

第三個原因是吸引觀眾注目的卡司陣容。《變身怪醫》男主角除了要展現善良且具堅定信念的傑奇醫生外，還要同時飾演因藥物實驗而分裂出邪惡人格的海德。

극 중 삽입곡 컨프론테이션(한국어 제목: 나와 나)을 부르는 배우는 표정과 톤[14] 을 바꿔가며 전혀 다른 선과 악의 두 모습을 자유롭게 전환하는데, 이는 매우 극적[15] 이라서 관객들은 물론 배우에게까지 상당히 매력적인 캐릭터로 느껴진다.

演唱劇中歌曲〈Confrontation〉（韓語版曲名：我與我）的演員要轉換表情與音調，在截然不同的兩個人格間切換自如，極具戲劇張力，這個角色對觀眾和演員而言，都是非常有魅力的角色。

'지킬 앤 하이드'는 시즌 공연마다 캐스팅 라인업에 주목을 받았다. 배우에게 '지킬 앤 하이드'에 출연할 수 있다는 것은 그만큼 연기력이 뛰어남을 인정받는 것과 같아서 배우들이 가장 해보고 싶은 작품 중의 하나로 꼽힌다. 이 뮤지컬은 조승우, 류정한, 홍광호, 민영기, 양준모, 김우형 등 남자 배우들이 한국을 대표하는 남자 뮤지컬 배우로 자리매김하는 등용문이 되었기 때문이다. 2004 년 초연 무대에 오른 조승우는 당시 공연을 마치고 배우로서 처음으로 기립[16] 박수를 받았다며 그때의 감동은 지금까지 잊을 수 없다고 밝힌 바 있다.

《變身怪醫》每一季的卡司陣容都非常引人注目，對演員而言，能演出《變身怪醫》就代表演技備受肯定，也因此是音樂劇演員最想參與的作品之一。這部音樂劇成了曹承佑、柳廷漢、洪光鎬、閔永基、楊俊模（音譯）、金宇亨（音譯）等男演員躍身為韓國代表性的男音樂劇演員們的跳板，曹承佑在登上 2004 年首演舞台後，曾說過這是他演員生涯中首次經歷全場起立鼓掌，當時的感動至今難忘。

01 폐막 (閉幕) : 落幕
02 히트작 (hit 作) : 熱門作品、人氣作品
03 심신 (心身) : 身心
04 완화 (緩和) 시키다 : 使緩和、放鬆
05 주제 (主題) : 主題、題目
06 그리다 : 描繪、描寫
07 맞아떨어지다 : 對上；和諧
08 붐 (boom) 을 일으키다 : 掀起潮流
09 채택 (採擇) 하다 : 採納、採用
10 부합 (符合) 하다 : 符合、吻合
11 철저 (徹底) 히 : 徹底、完全
12 라인업 (line up) : 陣容
13 선량 (善良) 하다 : 善良
14 톤 (tone) : 語調、聲調
15 극적 (劇的) : 戲劇性的
16 기립 (起立) : 起立

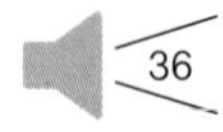

N1은/는 물론(이고) N2도(까지, 조차)

文法說明：

앞에 나온 내용(N1)을 포함하여 전체 문장의 내용이 당연히 그러함을 나타내는 표현이다. 동사(V)를 써야 하는 경우 동사를 명사화하여 'V1는 것은 물론 V2, V1ㅁ/음은 물론 V2' 등으로 사용한다.
表示包含前面出現的內容（N1）在內，整個句子的內容是理所當然的。需要使用動詞（V）時，可以將動詞名詞化，使用「V1 는 것은 물론 V2、V1 ㅁ/음은 물론 V2」等形式。

例句：

그 배우는 연기는 물론 노래도 잘한다 .
那位演員不用說演技了，連歌都唱得很好。

상상을 자극하는 뮤지컬은 아이들이 좋아하는 것은 물론 어른들까지 보고 싶어 한다 .
不僅孩子喜歡，連大人都想看激發想像力的音樂劇。

⑩ 라이선스 뮤지컬 '헤드윅'
授權音樂劇《搖滾芭比》

작품 소개 作品介紹 37

뮤지컬 '헤드윅'은 미국 배우 존 카메론 미첼 (John Cameron Mitchell) 이 극본을 쓰고, 스티븐 트래스크 (Stephen Trask) 가 작사와 작곡을 한 작품으로 미첼의 실제 인생 이야기를 바탕으로 하고 있다. 작품에는 동독 출신의 트랜스젠더 록[1] 가수 헤드윅 (Hedwig) 이 음악을 통해 상처받은 삶의 의미를 찾고, 사랑, 자유, 인성, 성 정체성[2] 등과 같은 문제에 대해 깊이 탐구하는[3] 자전적 이야기가 담겼다.

音樂劇《搖滾芭比》由美國演員約翰・卡梅隆・米切爾撰寫劇本，史蒂芬・特拉斯克作詞兼作曲，故事取材於米切爾的真實生活，該劇講述東德出身的變性搖滾歌手海德薇格，透過音樂尋找傷痕累累的人生意義，並探討愛、自由、人性、性別認同等議題的自傳故事。

'헤드윅'은 동독 출신 트랜스젠더 록 가수인 헤드윅과 그녀의 남편이자 조수 이츠학 (Yitzhak) 그리고 록밴드 '앵그리인치'(The Angry Inch) 가 등장해 콘서트 형식으로 진행하면서 관객들에게 헤드윅의 굴곡진 인생 이야기를 들려준다.

《搖滾芭比》由來自東德的變性搖滾歌手海德薇格、她的丈夫兼助手伊札克和搖滾樂隊「憤怒的一吋」，以演唱會的形式進行，一起向觀眾講述海德薇格坎坷的人生故事。

독일이 동서독으로 분단된[4] 시기에 동독에서 태어나 자유를 갈망한 헨젤 슈미트 (Hansel Schmidt) 는 유년기[5] 에 미군인 아버지로부터 성추행[6] 을 당한다. 그의 어머니는 아버지를 쫓아낸 뒤 홀몸으로 그를 키운다. 그러던 어느 날, 그는 미군 루터 (Luther) 를 만나게 된다. 둘은 사랑에 빠져 결혼을 약속하고 미국에 가고자 한다. 하지만 미국으로 가기 위해서는 그는 성별을 바꿔야 하는 처지에 놓인다[7]. 어머니 헤드윅은 그에게 자신의 이름과 여권을 주고 성전환 수술을 맡아 줄 의사를 찾았다. 그러나 수술은 실패로 돌아간다. 허벅지 사이에 있는 남근의 살이 1 인치 정도 남은 것이다.
東西德分裂時期，出生在東德渴望自由的漢瑟・施密特，年幼時遭到美軍父親性騷擾，母親趕走父親後，便單身撫養他長大。有一天他遇見了美軍路德，兩人相戀並決定結婚。然而為了去美國，他必須變性，於是漢瑟的母親海德薇格將她的名字和護照給了他，並找了醫生為他進行變性手術。然而，手術失敗了，他的雙腿間留下 1 英吋的肉塊。

헤드윅은 미국에 온 지 1 년 만에 이혼하고 군인 가정에서 보모 일을 하며 생계를 꾸려간다[8]. 그러다 헤드윅은 그곳에서 토미 (Tommy) 를 만나게 되면서 그를 운명의 반쪽[9] 이라 여기고 작곡한 곡을 토미에게 준다. 하지만 토미는 헤드윅이 생물학적으로 여성이 아니라는 사실을 알게 된 뒤 그녀를 버리는가 하면 그녀의 동의 없이 공동 작곡한 곡으로 데뷔까지 해 단숨에[10] 히트를 치면서 세계적인 록스타로 부상했다. 이에 분노한 헤드윅은 복수를 위해 토미의 전국 투어 콘서트를 졸졸[11] 쫓아다닌다.
來到美國 1 年後，海德薇格離婚了，她在軍人家中擔任保母以維持生計。後來她在那裡認識了湯米，她相信湯米是她命中注定的另一半，並把自己創作的歌曲送給了他。然而，湯米在得知海德薇格不是生理女性後，不僅拋棄了她，還未經她同意拿他們共同創作的歌曲出道，一炮而紅成為搖滾巨星。憤怒的海德薇格為了報復，從此緊跟著湯米全國巡迴演出。

정서적 혼란과 내면의 갈등을 심하게 겪어온 헤드윅은 무대 위에서 완전히 무너져버린다[12]. 그 순간 근처에서 공연을 하고 있던 토미가 자신이 어렸을 때 저지른 잘못을 뉘우치고[13] 용서[14] 를 구하는 소리가 들려온다. 토미의 말을 들은 헤드윅은 결국 토미에 대한 모든 집착[15] 을 내려놓고 자신을 받아들이며 가장 진정한 자아를 찾은 모습으로 돌아온다.
在歷經情緒波動與內心掙扎後，海德薇格在舞台上徹底崩潰了。就在這瞬間，她聽到了在附近演出的湯米悔悟年幼時的錯誤，並乞求她的原諒。聽到湯米這番話，海德薇格終於放下對湯米的一切執著，接納了自己，並回歸最真實的自我。

헤드윅은 1998 년 미국 500 명 미만 극장인 '오프브로드웨이'에서 초연된 뒤 2014 년 브로드웨이 무대에 올랐다. 한국어판은 2005 년 초연된 이후로 지금까지 14 회 공연됐다. 현재까지 한국에서는 조승우, 오만석, 조정석, 김동완, 김재욱, 정문성, 변요한, 마이클리, 유연석, 전동석, 이규형, 고은성, 보이그룹 뉴이스트 멤버 렌 등 28 명이 헤드윅 역할을 맡았다. 시즌마다 출연진과 스타일을 공개하며 네티즌[16] 들의 이목을 사로잡아 화제를 불러일으키는 데 성공했다. 또한 2018 년 한국어판이 대만에서 공연했는데, 이는 대만에서 최초로 연출된 한국 라이선스 뮤지컬로 기록됐다.
《搖滾芭比》於 1998 年在美國不到 500 人的劇場「外百老匯」首演，並於 2014 年登上百老匯舞台。韓語版自 2005 年首演以來，至今已演出 14 場。目前韓國已有曹承佑、吳萬石、曹政奭、金烔完、金材昱、丁文晟、卞約漢、Michael Lee、柳演錫、全東奭、李奎炯、高恩成及男團 NU'EST 成員 Ren 等 28 位飾演海德薇格一角，每一季卡司和造型公開，總是能成功吸引網友目光，成功引起熱議。另外，2018 年該劇曾於台灣演出，是首次來台演出的韓國授權音樂劇。

01 록 (rock) ：搖滾樂
02 성 정체성 (性 正體性) ：性別認同
03 탐구 (探究) 하다：探討、研究
04 분단 (分斷) 되다：分裂、分割
05 유년기 (幼年期) ：童年、幼年
06 성추행 (性醜行) ：性騷擾
07 처지 (處地) 에 놓이다：陷入…的處境
08 꾸려가다：維持、打理
09 반 (半) 쪽：另一半、人生伴侶
10 단 (單) 숨에：一口氣、一下子
11 졸졸：緊緊跟隨地
12 무너지다：崩潰、瓦解
13 뉘우치다：悔悟、反省
14 용서 (容恕) ：原諒、寬恕
15 집착 (執着) ：執著、執念
16 네티즌 (netizen) ：網友

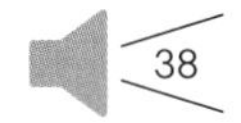

N1을/를 V1는가 하면 N2도(까지) V2

文法說明：

앞의 내용과 뒤의 내용이 다르거나 반대일 때 이를 설명 또는 열거하는 표현이다. 앞의 내용도 있지만 뒤의 내용도 있다는 의미다.

前後內容不同或相反時，用來說明或列舉的表達方式。這表示儘管有前面的內容，後面的內容也同樣存在。

例句：

불법 암표 거래가 끊이지 않자 정부는 법안 마련을 위해 공청회**를 개최하는가 하면** 암표 신고 제도**도** 도입했다.

由於不斷發生非法黃牛票交易，政府為了制訂法案而召開公聽會，也引進檢舉黃牛票的制度。

뮤지컬 제작사들은 더 많은 관객을 유치하기 위해 티켓 할인 행사**를 진행하는가 하면** 다양한 이벤트**도** 마련해 경쟁에 열을 올리고 있다.

為了吸引更多觀眾，音樂劇製作公司進行了票價優惠活動，並策劃了各種活動，競爭日益激烈。

성별을 넘어서 자아를 찾는 이야기
不只是性別認同，而是自我認同的故事 39

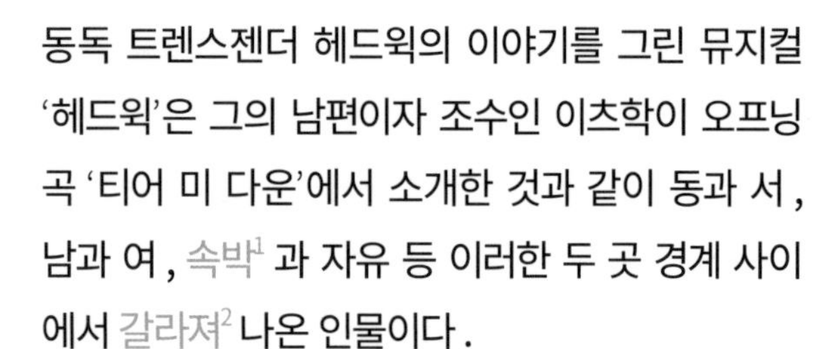

동독 트렌스젠더 헤드윅의 이야기를 그린 뮤지컬 '헤드윅'은 그의 남편이자 조수인 이츠학이 오프닝 곡 '티어 미 다운'에서 소개한 것과 같이 동과 서, 남과 여, 속박[1] 과 자유 등 이러한 두 곳 경계 사이에서 갈라져[2] 나온 인물이다.

音樂劇《搖滾芭比》是講述東德變性人海德薇格的故事，就如同她的丈夫兼助手伊札克在開場曲〈Tear Me Down〉中介紹的，海德薇格介於東與西、男與女、束縛與自由的界限之間，她來自被一分為二的地方，也是個被分裂的人。

'헤드윅'은 1998 년 오프 브로드웨이의 소극장에서 초연된 뒤 2014 년 브로드웨이에 본격 진출했다. 지금까지 영국, 독일, 네덜란드, 일본, 한국에서 라이선스를 취득했고[3] 많은 나라에서 공연됐다. 대만에서도 중국어판이 공연됐다. 그중 한국어판은 2005 년 초연을 시작으로 14 번 상연했다. 초기에는 소극장에서 중형 규모 극장으로 확대되는가 싶더니 최근에는 객석[4] 1000 석에 달하는 대규모 극장에서 공연됐다. 매 시즌 센세이션[5] 을 일으킨 헤드윅은 20 년간에 걸쳐 한국인들이 좋아하는 뮤지컬로 자리매김했다.

《搖滾芭比》1998 年進軍外百老匯的小劇場首演後，2014 年正式登上百老匯。迄今已授權英國、德國、荷蘭、日本及韓國等多國演出，台灣亦曾演出中文版。其中韓語版製作於 2005 年首演，迄今已演出 14 次，從一開始的小劇場擴大為中劇場規模，近年來甚至在座位數多達 1000 席的大劇場演出。《搖滾芭比》每一季演出都引起轟動，20 年來深受韓國觀眾喜愛。

한국판 헤드윅은 2018 년 대만 타이중 국가가극원과 슈퍼돔 (SuperDome) 에서 초청 공연을 벌였다는 사실은 주목할 만하다[6]. 이는 한국 라이선스 뮤지컬이 사상[7] 최초로 대만에서 공연을 펼친 것으로 대만 뮤지컬 마니아들에게 한국 뮤지컬의 매력을 체험하게 하는 한편 한국 뮤지컬 시장의 성숙도[8] 와 작품의 성공을 입증했다는 평가를 받았다.

值得一提的是，臺中國家歌劇院及超級圓頂在 2018 年曾邀請《搖滾芭比》韓國版製作演出，這是韓國授權音樂劇有史以來首次來台演出，除了讓台灣觀眾能親自體驗韓國音樂劇的魅力外，也證明了韓國音樂劇市場的成熟與作品的成功。

앞서[9] 헤드윅의 극본을 쓴 존 카메 미첼은 한 인터뷰에서 젠더[10] 문제에 있어서 상대적으로 보수적[11] 인 나라인 한국에서 헤드윅이 사랑을 많이 받는 것에 놀랐다면서 남북한의 분단 상황은 뮤지컬의 배경이 된 동서독 분단과 공통점이 있기 때문일지도 모른다고 분석한 바 있다.

在此之前，《搖滾芭比》的編劇約翰・卡梅隆・米切爾曾在訪問中提及，在他認知中，韓國是對性別議題相對保守的國家，所以他很驚訝這部劇在韓國竟然能獲得那麼多人的喜愛。他也分析，或許是因為南北韓分裂的情況跟《搖滾芭比》中東西德分裂的故事有共同之處。

그러나 미첼이 언급한 이유 외에도 다른 이유 두 가지가 더 있다. 하나는 배우들의 연기력을 발산할[12] 기회가 가득한 작품이라는 것이다. 헤드윅은 주인공 다수의 독백과 서사적 노래로 구성되어 있기 때문에 출연 배우는 그만큼 폭넓은[13] 연기를 해야 한다. 표시된 공연 시간은 135 분이지만 주인공이 자유롭게 펼치는 연기와 즉흥 공연 정도에 따라 달라진다. 같은 배우라도 매 공연 차이가 있을뿐더러 배우마다 연기도 차이가 매우 크게 나기 때문에 관객들의 호기심을 유발해 한 공연을 여러 번 관람하는 '회전문 관객층'이 자연스럽게 형성됐다.

然而，除了米切爾提及的原因外，還有其他兩個原因。第一為演員有較大的發揮空間。《搖滾芭比》全劇是由海德薇格大量的獨白及敘事歌曲組成，因此演員有較大的發揮空間，雖然表定演出長度為 135 分鐘，但又因演員所展現的演技與即興表演的程度而異。即使是同一位演員，不僅每一場演出有差異，不同演員間的演技差異更大，會引發觀眾的好奇心，自然形成了一批多次觀看同一場演出的「旋轉門觀眾」。

다른 이유로는 극 중에 나타나는 성 정체성 이야기는 곧 자아정체성[14] 이야기이기 때문이다. 헤드윅이 줄곧 자신의 반쪽을 쫓아다니는 과정에서 끊임없이 버림받고 배신당하며 성격 또한 십분 왜곡됐다[15]. 하지만 결국 그는 자기의 모습을 받아들이게 된다. 그러면서 자기와 타인에게 자유라는 것을 준다.

另一個原因是，劇中除了講述性別認同，也是自我認同的故事。海德薇格一直在尋找另一半，在這過程中，她不斷被拋棄與背叛，個性變得十分扭曲。但最終她接納了自己，讓自己也讓其他人獲得自由。

헤드윅은 분열에서 완전한 하나가 되기까지, 자기 파괴에서 자아정체성에 이르는 과정은 관객들에게 줄곧 많은 용기와 힘을 북돋아[16] 준다. 게다가 관객들 모두에게 손을 들어달라고 요청하는 '미드나잇 라디오'(Midnight Radio) 곡에서 손을 높이 들면서 발산되는 힘은 마치 온몸을 관통하면서 지친 심신에 활기를 불어넣어 주는 것만 같다. 성 정체성보다는 자기를 사랑하고 받아들이고 동일시하는 것이야말로 이 뮤지컬이 전하고자 하는 중요한 메시지인 것이다.

海德薇格從分裂到完整，從自暴自棄到自我認同的過程中，總是讓觀眾獲得很大的勇氣和力量。再加上演唱歌曲〈Midnight Radio〉時，邀請觀眾把手舉高，彷彿有一股力量從高舉的手貫穿全身，讓疲憊不堪的身心注入了活力。比起性別認同，愛自己、接納自己、認同自己更是此劇想傳遞的重要訊息。

01 속박 (束縛)：束縛、約束
02 갈라지다：分裂、裂開
03 취득 (取得) 하다：取得、獲得
04 객석 (客席)：觀眾席；座
05 센세이션 (sensation)：轟動
06 주목할 만하다：值得一提、值得矚目
07 사상 (史上)：史上、歷史上
08 성숙도 (成熟度)：成熟度
09 앞서：先前、前面
10 젠더 (gender)：性別
11 보수적 (保守的)：保守的
12 발산 (發散) 하다：釋放、發揮
13 폭 (幅) 넓다：寬廣的、廣大的
14 자아정체성 (自我正體性)：自我認同
15 왜곡 (歪曲) 되다：歪曲、扭曲
16 북돋다：激勵、鼓舞

文法 V1을/ㄹ뿐더러 V2

文法說明：

이 문법은 앞의 내용(V1) 말고도 뒤의 내용(V2)이 더 있다는 의미로 사용된다. 의미상 'V1을/ㄹ 뿐만 아니라 V2'와 차이가 없다. 하지만 여러 사용 용례를 살펴보면 앞의 내용(V1)에 더해 정도가 심한 뒤의 내용(V2)이 더 있음을 나타내는 경우가 많다. 이 문법은 띄어쓰기를 할 때 모두 붙여서 쓴다는 점에 유의해야 한다.

這個文法用來表示前面的內容（V1）不僅如此，還有後面的內容（V2）。語義上與「不僅 V1，而且 V2」沒有區別。然而，根據各種使用例子，通常表示前面的內容（V1）之外，還有程度更嚴重的後面內容（V2）。在進行空格分隔，即韓文分寫時，需注意這個文法要全部連在一起寫。

例句：

친구는 내가 빌려준 책을 잃어버렸을뿐더러 중요한 약속마저 잊어버렸다 .

朋友不僅弄丟了我借給他的書，還忘記了重要的約定。

그 배우는 외모가 출중할뿐더러 연기력과 가창력도 뛰어나서 데뷔 1 년 만에 국내 정상급 뮤지컬 작품의 주연으로 캐스팅됐어요 .

那位演員不僅外貌出眾，演技和歌唱能力也非常出色，因此在出道 1 年內就被選為國內頂級音樂劇作品的主演。

(11) 라이선스 뮤지컬 '엘리자벳'
授權音樂劇《伊麗莎白》

작품 소개 作品介紹 41

한국 라이선스[1] 뮤지컬 '엘리자벳'은 미하엘 쿤체 (Michael Kunze) 가 극본과 작사를, 실베스터 르베이 (Sylvester Levay) 가 작곡을 맡은 작품이다. 뮤지컬은 오스트리아[2]- 헝가리[3] 제국의 황후 엘리자벳 (엘리자베트 아말리 오이게니) 의 일생을 그려냈다. 이 작품은 '엘리자벳'이라는 역사적 사실에 '죽음 (Der Tod)'이라는 캐릭터를 등장시켜 판타지[4] 적 요소를 결합하면서 세계적으로 꾸준한 사랑을 받아 오고 있다.

韓國授權音樂劇《伊麗莎白》由邁克爾 · 昆澤（音譯）編劇暨作詞、席維斯特 · 李維作曲，內容講述奧匈帝國皇后伊麗莎白（Elisabeth Amalie Eugenie）的一生，該劇以「死神」這個角色融合歷史事實與幻想要素，廣受全世界喜愛。

뮤지컬 '엘리자벳'은 제국주의의 멸망을 앞둔 19 세기 후반 오스트리아 엘리자벳 황후를 살해한 루케니 (Lucheni) 의 재판을 시작으로 플래시백 기법[5]을 사용해 엘리자벳의 이야기를 그려냈다. 유년 시절 하고 싶은 대로 자유 분방한[6] 삶을 추구하던 엘리자벳은 어느 날 높은 곳에서 외줄타기[7] 를 하다가 아래로 떨어진다. 이 사건으로 엘리자벳은 처음으로 '죽음'을 마주하게 된다. 그 뒤 죽음은 엘리자벳의 주변을 맴돌기 시작한다. 오스트리아 황제 프란츠 요제프 (Franz Josef) 는 어머니의 반대를 무릅쓰고[8] 자유분방한 엘리자벳과의 결혼을 고집했지만, 엄격한 왕실 생활이 엘리자벳을 짓누르고[9] 있었고, 죽음은 엘리자벳을 계속 맴돌며 오직 자기만이 진정한 자유를 가져다 줄 수 있다고 유혹한다[10].

音樂劇《伊麗莎白》以帝國主義邁向滅亡的 19 世紀後半為背景，以殺害奧地利伊麗莎白皇后的兇手魯契尼接受審判來揭開帷幕，並以倒敘手法講述伊麗莎白的故事。幼年時期的伊麗莎白追求隨心所欲、自由奔放的生活，某一天，她在走鋼絲時從高空落下，這是她第一次與死神邂逅。從此，死神就一直在她身邊盤旋。奧地利皇帝法蘭茲·約瑟夫不顧母親反對，堅持與自由奔放的伊麗莎白步入禮堂，但嚴格的皇室生活壓著伊麗莎白喘不過氣，而死神一直在伊麗莎白身邊徘徊，不斷誘惑著只有自己才能給予她真正的自由。

죽음의 끊임없는 유혹에 맞서 엘리자벳은 희망을 포기하지 않고 자기에게 의존해야만 자유를 얻을 수 있다고 굳게 믿었지만 끝내 죽음의 유혹으로부터 벗어나지 못한다. 이때 죽음은 엘리자벳의 아들 루돌프 (Rudolf) 앞에 나타나서 아버지에게 반항하도록 꼬드긴다[11]. 그의 정치적 이념과 사상이 아버지와 서로 다르다는 것이 그 이유였다. 이로 인해 절망에 빠진 루돌프는 엘리자벳에게 도움을 부탁한다. 엘리자벳이 이를 거절하자 루돌프는 죽음을 선택한다. 엘리자벳은 아들의 장례식장에서 끝없이 슬퍼하며 죽음에게 자신을 데려가 달라고 애걸하지만 죽음은 이를 거절한다.
面對死神不斷的誘惑，伊麗莎白雖不肯放棄希望，堅信靠自己也能獲得自由，但她卻始終無法擺脫死神的誘惑。此時，死神出現在伊麗莎白的兒子魯道夫面前，慫恿他對抗父親，因政治理念和思想與父親相違背，陷入絕望的魯道夫向伊麗莎白尋求幫助，卻遭到伊莉莎白拒絕，最終選擇了斷自己的生命。伊麗莎白在兒子葬禮上悲慟不已，哀求死神帶走她，卻遭死神拒絕。

엘리자벳은 아들이 죽은 뒤 목적 없는 여행을 다시 시작한다. 그는 1898 년 스위스 레만호에서 루케니에 의해 쇠꼬챙이[12] 로 암살당한다. 자유를 갈망했던 엘리자벳은 인간 세상의 고통과 번민[13] 을 잊은 듯 면사포[14] 를 벗고 죽음을 향해 걸어가 입을 맞춘다. 그는 스스로 목숨을 끊으면서 마침내 자신이 추구하던[15] 자유를 얻게 되는데…….
兒子過世後，伊麗莎白又開始漫無目的地旅行，1898 年，在瑞士日內瓦湖畔，被魯契尼用銼刀刺殺，渴望自由的伊麗莎白卸下面紗，如同卸下人世間的紛紛擾擾後，上前親吻死神，結束了自己的生命，也終於獲得她一直追尋的自由……

뮤지컬 '엘리자벳'은 1992 년 오스트리아 비엔나에서 초연되었으며, 일본어, 헝가리어, 이탈리아어, 네덜란드어 및 한국어 등 여러 언어로 된 버전이 있다. 그중 한국어판은 EMK 뮤지컬컴퍼니에서 제작했다. 이는 2012 년 초연을 시작으로 2013 년 재연, 2015 년 삼연, 2018 년 사연이, 2022 년에는 다섯 번째 시즌격인 10 주년 기념 공연이 열렸다.
音樂劇《伊麗莎白》1992 年於奧地利維也納首演，並有日語、匈牙利語、義大利語、荷蘭語和韓語等多國語言版本，其中韓語版是由 EMK Musical Company 製作，在 2012 年首演，於 2013 年二演、2015 年三演、2018 年四演，並在 2022 年進行 10 週年紀念公演，亦是該劇第五季演出。

이 한국어 버전의 제작은 2012 년 초연 당시 센세이션을 불러일으켰다. 이는 당시 라이선스 뮤지컬 중에서 가장 성공적인 작품으로 평가받으면서 제 6 회 더 뮤지컬 어워즈 (The Musical Awards) 에서 8 관왕을 차지했다. 한국어 버전의 남녀 주인공은 제 18 회 한국 뮤지컬 대상에서 남우 주연상과 여우 주연상을 휩쓸었다[16]. 10 년에 걸쳐 옥주현, 김선영, 김소현, 조정은, 신영숙, 이지혜 등이 오스트리아의 가장 아름다운 황후인 엘리자벳 역을 맡았다. 엘리자벳을 유혹하는 죽음의 역을 맡은 초대 배우

류정한, 송창의, 김준수를 비롯해서 실력파 배우 박효신, 전동석, 신성록 및 신인 정택운(레오), 박형식, 이해준 등에 이르기까지 이들은 매 시즌 관객들의 뜨거운 관심과 사랑을 받았다.

該劇韓語版製作在 2012 年首演時即造成轟動，在當時被譽為最成功的授權音樂劇作品，並在第 6 屆 The Musical Awards 獲得 8 項獎項，男女主角更在第 18 屆韓國音樂劇大賞中獲得最佳男女主角獎。這 10 年來，玉珠炫、金善英（音譯）、金素賢、曹情恩、申榮淑及李智慧（音譯）都演過奧地利最美皇后伊麗莎白這個角色。而誘惑伊麗莎白的死神一角，從初代演員柳廷翰、宋昶儀及金俊秀，到實力派演員朴孝信、全東奭、申成祿，以及新生代的鄭澤運（Leo）、朴炯植、李海俊（音譯）等演員，每一季都深受觀眾喜愛。

01 라이선스 (license)：授權、許可
02 오스트리아 (Austria)：奧地利
03 헝가리 (Hungary)：匈牙利
04 판타지 (fantasy)：幻想、奇幻
05 플래시백 기법 (flashback 技法)：倒敘手法
06 분방 (奔放) 하다：奔放
07 외줄타기：走鋼絲
08 무릅쓰다：不顧、冒著；蓋
09 짓누르다：壓、壓抑
10 유혹 (誘惑) 하다：誘惑
11 꼬드기다：慫恿、煽動、誘使
12 쇠꼬챙이：銼刀、鐵條
13 번민 (煩悶)：煩悶、鬱悶、苦悶
14 면사포 (面紗布)：面紗、頭紗
15 추구 (追求) 하다：追求
16 휩쓸다：橫掃、席捲；包攬

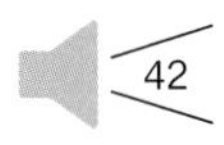

V1자 V2

文法說明：

V1의 동작이 끝나고 곧이어 다음 V2(결과)가 일어났다는 것을 나타내는 말이다. 이 문법은 사건 발생을 연속적으로 나타내는 'V1자마자 V2'에서 파생된 말로, 정식적인 쓰기에서 주로 과거에 대한 사건의 순서를 나타낼 때 쓰인다.

表示 V1 的動作一結束後，緊接著發生下一個 V2（結果）。此文法為表示事件連續發生的「V1 자마자 V2」衍生而來，主要用於正式寫作上，表示過去事件的順序。

例句：

내가 공연장에 도착하자 비가 내리기 시작했다.
我一到達表演場地，就開始下雨了。

무대의 막이 오르고 연극이 시작되자 관객들은 환호성을 질렀다.
當舞台布幕一升起，戲劇開演後，觀眾便歡呼起來。

죽음과 마주한 아름다운 황후
與死神邂逅的美麗皇后 43

뮤지컬 '엘리자벳'은 독일어로 된 저명한[1] 작품으로 2006 년부터 한국어판으로 제작된다는 소문이 돌기 시작하면서 한국 뮤지컬 마니아[2] 들의 기대를 모았다 . 엘리자벳의 한국어판 노래가 2010 년에 이르러 김준수의 뮤지컬 콘서트에서 처음 공개되면서 더 큰 관심을 불러일으켰다[3]. 이어 2012 년 비엔나 초연 20 주년을 기념해 한국어판이 개막됐다[4].
音樂劇《伊麗莎白》是非常有名的德語音樂劇，從 2006 年開始，該劇將製作韓語版的傳聞此起彼落，韓國劇迷期待不已，直到 2010 年《伊麗莎白》韓語版曲目終於在金俊秀音樂劇演唱會中首次亮相，引起更大的關注，2012 年適逢該劇於維也納首演 20 週年之際，韓語版製作拉開了帷幕。

'엘리자벳' 한국어판은 초연된 지 10년이 훌쩍 지났는데도 지금까지 가장 사랑받는 라이선스 뮤지컬 중 하나로 손꼽힌다. 이러한 성공 비결로는 EMK뮤지컬컴퍼니(이하 EMK)가 당초 작품을 들여올 때 원작을 그대로 따라가지 않은 '논레플리카(Non-Replica)' 방식을 택했다는 점이 꼽힌다. 논레플리카 방식이란 원작의 극본과 노래만 들여오고, 나머지는 현지인 정서[5]에 맞게 더욱 쉽게 이해할 수 있도록 각색한[6] 것을 의미한다. 이는 소위 현지화[7]의 일례라고도 할 수 있다. 현지인의 취향을 제대로 파악하는 것이야말로 논레플리카에서 가장 중요한 부분이다. 그래야만 논레플리카 방식으로 재창조된 작품이 현지에서 널리 사랑받을 수 있다.

《伊麗莎白》韓語版製作首演至今恍然過了 10 年，仍然是最受喜愛的授權音樂劇之一，成功的祕訣在於 EMK Musical Company（以下簡稱 EMK）當初是以「非完全複製」的形式取得授權製作，「非完全複製」指僅引進原作的劇本及歌曲，其餘的都以國人比較容易理解的形式重新創作，以符合國人的情感，所謂的本土化就是其中一例。「非完全複製」最重要的就是要清楚並掌握國人的喜好，唯有如此，二次創作的作品才能廣泛得到喜愛。

'엘리자벳' 작품 자체는 훌륭하고 어느 정도 인지도[8]도 있는 것이 사실이었다. 하지만 라이선스를 취득한 EMK는 한국 사람들이 오스트리아의 엘리자벳 황후보다 영국의 엘리자베스 여왕을 더 잘 알고 있으며, 작품에서 역사에 대한 내용이 많을 경우 관객들이 지루함[9]을 느낄 수 있다고 판단한 끝에 원작에 비해 엘리자벳 주인공에 더욱 초점을 맞추기로 했다. 그리하여 한국어판은 오스트리아 황후에 관한 이야기는 물론 한 여성이 추구하는 자아에 관한 내용도 담게 됐다.
事實上《伊麗莎白》這部作品本身就很優秀，也有一定的名氣，但 EMK 在取得授權後，考量到比起奧地利的伊麗莎白皇后，韓國人更熟悉英國的伊麗莎白女王，如果劇情太多歷史，可能會令人感到枯燥乏味，因此 EMK 最後決定刪掉韓國觀眾比較不熟悉的歷史，比起原作更聚焦在主角伊麗莎白身上，韓語版製作不僅是在講述奧地利皇后的故事，更是在講一位女性追求自我的故事。

예를 들면, 원작에 있던 군가풍의 '하스 (Hass)'라는 곡이 한국어판에서는 빠졌다. 시위대의 등장과 함께 불려진 이 노래에는 반유대주의가 팽배한[10] 사회에서 루돌프 왕세자가 유대인들과 함께 어울리고 엘리자벳이 유대인 시인을 위한 기념비를 세워서 적대감[11] 과 증오[12] 를 조장했다는 내용이 담겼다. 당시 EMK는 한국 관객들에게 이러한 낯선 역사를 삭제해도 작품 전개에 전혀 영향을 미치지 않을 것이라고 판단해 이 부분을 삭제하는 대신에 더욱 화려한 의상과 더욱 정교한[13] 무대를 선보이면서 엘리자벳의 자유 (죽음) 에 대한 열망에 대해 더욱 집중해서 보여주기로 했다. 역사 부분의 공백을 메우고 동시에 관객들의 시선도 사로잡을[14] 수 있는 더욱 절묘한 무대를 선보인 것이다.

舉例來說，韓語版製作刪除了〈仇恨〉這首歌，這首歌有點像軍歌，是以示威遊行的形式登場，當時社會瀰漫反猶太主義，歌曲中提及皇太子魯道夫與猶太人相處，伊麗莎白為猶太詩人建立紀念碑，以助長對立和仇恨。當時 EMK 認為刪除韓國觀眾不熟悉的歷史也不影響劇情推展，取而代之的是，更著重於伊麗莎白對自由（死神）的渴望，並以比原作更加華麗的服裝、更加精緻的舞台來吸引觀眾目光，以填補刪去的歷史空隙。

10 주년 기념 공연은 캐스팅 논란으로 인해 초점도 흐려지면서 흥행[15] 도 상대적으로 부진하기는 했지만 결과적으로 호평을 받으며 한국어판의 성공을 입증했다. EMK는 '엘리자벳'(2022) 10 주년 기념 공연이 이 버전의 마지막 연출이었다며, 향후 새로운 모습으로 돌아오겠다고 밝혔다. 아울러 [16], '엘리자벳' 10 주년 기념 공연 극장판이 2024 년 가을 극장에서 개봉될 예정이다.

雖然 10 週年紀念公演因選角爭議而模糊了焦點，票房也相對平淡，但最後仍在好評下落幕，證明了韓語版製作的成功。EMK 表示，《伊麗莎白》10 週年紀念公演（2022）為這一版本製作的最後一次演出，往後將以全新的面貌回歸。另外，《伊麗莎白》10 週年紀念公演電影版也預計在 2024 年秋天於電影院上映。

01 저명하다 (著名)：有名、知名
02 마니아 (mania)：迷、愛好者
03 불러일으키다：引起、造成
04 개막 (開幕) 되다：揭開帷幕、開場
05 정서 (情緒)：情緒、情感
06 각색 (腳色) 하다：改編
07 현지화 (現地化)：本土化、當地化
08 인지도 (認知度)：知名度
09 지루함：厭倦、無聊
10 팽배 (澎湃) 하다：(思想、情緒等) 瀰漫、大幅擴散
11 적대감 (敵對感)：對立感、反感
12 증오 (憎惡)：憎恨、厭惡
13 정교 (精巧) 하다：精緻、巧妙
14 사로잡다：擄獲、吸引
15 흥행 (興行)：(以營利為目的的) 演出、放映
16 아울러：並且、同時

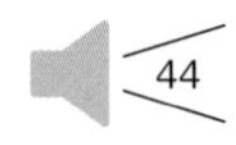

N(이)야말로

文法說明：

N을/를 강조하거나 확인할 때 조사 '이/가'를 대체해서 사용한다. 이는 N이 다른 가능한 선택들 중에 가장 좋은 것을 의미하기도 한다.

用於強調或確認 N 時，可替代助詞「이/가」，表示 N 是在不同選擇裡最好的選項。

例句：

끊임없는 노력이야말로 한국어를 잘할 수 있는 비결이다.
持續不斷的努力才是能學好韓語的祕訣。

그 배우야말로 그 뮤지컬의 주인공 역할을 맡기에 가장 적합하다.
那位演員是最適合擔任那部音樂劇主角的人選。

⑫ 라이선스 뮤지컬 '드라큘라'
授權音樂劇《德古拉》

작품 소개 作品介紹 45

뮤지컬 '드라큘라'는 돈 블랙 (Don Black) 과 크리스토퍼 햄튼 (Christopher Hampton) 이 대본과 작사를, 프랭크 와일드혼 (Frank Wildhorn) 이 작곡을 담당했다. 뮤지컬은 브램 스토커 (Bram Stoker) 가 1897 년에 출간한 동명 소설을 원작으로 각색했다. 소설에는 400 년 넘게 헌신해[1] 온 드라큘라 백작의 감동적인 사랑 이야기가 담겼다.

音樂劇《德古拉》由唐・布萊克和克里斯托弗・漢普頓編劇暨作詞、由弗蘭克・懷德霍恩作曲，改編自伯蘭・史杜克於 1897 年出版的同名小說，講述 400 多年來始終專情如一的德古拉伯爵纏綿悱惻的愛情故事。

빅토리아[2] 시대 말기의 유럽을 배경으로 한 '드라큘라'는 영국으로 이주하려는 트란실바니아 영주 드라큘라 백작의 자산[3] 과 문서를 관리하게 되는 젊은 변호사 조나단 (Jonathan) 이 그가 사는 음침한[4] 분위기가 가득한 외딴[5] 성에 도착하면서 이야기가 펼쳐진다.

《德古拉》以維多利亞時代末期的歐洲為背景，故事從年輕的律師喬納森為了替特蘭西瓦尼亞的領主德古拉伯爵，處理移居英國的資產與文件，而來到偏僻且瀰漫著陰森氣氛的古堡開始。

오디컴퍼니 주식회사

얼마 지나지 않아서 조나단의 약혼녀[6] 미나도 성에 도착한다. 미나를 본 드라큘라는 만난 적이 있는 듯한 익숙한 사람이라는 느낌을 받으며 깜짝 놀란다. 미나도 드라큘라와 같은 느낌을 받게 된다. 불안감을 느낀 조나단은 황급히[7] 미나를 영국으로 되돌려 보낸다. 이에 분개한[8] 드라큘라는 조나단을 성에 가둬놓고는[9] 원기를 회복해 회춘하겠다고 다짐한다.

隨後，喬納森的未婚妻米娜也抵達古堡，德古拉看到米娜後，發現她似乎是自己見過的熟人，非常吃驚，米娜也感受到相同的既視感。感到不安的喬納森趕緊把米娜送回英國，得知米娜先行離開的德古拉非常氣憤，並把喬納森軟禁在古堡中，誓言將再次找回力量，恢復年輕的樣貌。

미나는 영국에 온 드라큘라를 만나게 되는데, 이때 다시 기시감을 느낀다. 미나의 친구 루시는 드라큘라를 만난 이후 이상한 병에 걸린다. 얼마 후에 미나는 조나단이 병원에 입원했다는 소식을 접한 뒤 황급히 기차역으로 간다. 거기서 드라큘라를 만나게 된다.
當米娜見到了來到英國的德古拉，再次感受到既視感，而她的好友露西自從遇到德古拉之後，就患上了奇怪的疾病。隨後，米娜在得知喬納森住院的消息，便急忙前往火車站，並在那見到了德古拉。

드라큘라는 자기가 사랑하는 여인 엘리자벳사가 있었지만, 신을 위한 전쟁에 참전했다가 엘리자벳사를 잃게 됐는데, 이 사실을 받아들이지 못해서 신을 모독하는[10] 바람에 저주받은 뱀파이어가 되었다는 이야기를 미나에게 들려준다. 이야기를 다 들은 미나는 자신이 전생에 드라큘라의 연인이었다는 것을 깨닫지만, 드라큘라의 유혹을 거절하기 위해 애쓰며[11] 현생을 택한다.
德古拉向米娜講述了自己與伊麗莎白相愛，但因為無法接受參加聖戰而失去伊麗莎白的事實，他褻瀆上帝並成為被詛咒的吸血鬼的故事。聽完故事後，米娜意識到自己的前世是德古拉的戀人，但她仍努力拒絕德古拉的誘惑，選擇了今生。

미나에게 거절당해 화가 잔뜩 난 드라큘라는 루시의 결혼식에 나타나 루시를 기절시켜 버린다. 저명한 학자 반헬싱 교수는 자신이 오랫동안 쫓아다니던 뱀파이어가 다시 나타났음을 직감한다. 한편, 드라큘라를 원망하던[12] 미나도 그의 유혹을 이기지 못하고 그와 피를 나눈다. 이를 본 사람들은 힘을 합쳐[13] 이 강력한 어둠의 세력에 맞서 목숨을 걸고[14] 대항하기로 결심한다.
因被米娜拒絕而感到氣憤的德古拉出現在露西的婚禮上，露西因而昏倒，著名學者凡赫辛教授直覺自己長期追逐的吸血鬼又再次現身了。另一方面，米娜雖然埋怨德古拉，但仍然抵擋不了他的誘惑，與他分享了血液。眾人見狀，決定聯手奮戰，誓死對抗這股強大的黑暗勢力。

이때 드라큘라는 자기 때문에 고통스러워하는 미나를 보고는 마음이 흔들리기 시작한다. 미나가 성에 도착해 모든 것을 버리고 드라큘라와 함께 하려고 마음먹지만[15] 미나의 삶을 파괴할[16] 수 없다고 여긴 드라큘라는 결국 미나를 지키기 위해 죽음을 선택한다.
此時，德古拉看到因自己而感到痛苦的米娜，內心開始動搖，即使米娜抵達城堡，決定拋下一切與德古拉相依為命，但德古拉不忍心摧毀米娜的生活，最終，德古拉選擇死亡以守護米娜。

2001 년 미국에서 초연된 '드라큘라'는 2004 년 브로드웨이에 진출했다. 한국판은 2014 년 초연된 뒤, 2016 년 재연, 2020 년 삼연, 2021 년 사연에 이어 2023 년 말부터 2024 년 초까지 오연됐다. 시즌 5 번째의 오연은 한국판 초연 10 주년 공연이기도 하다. 한국판에서는 류정한, 김준수, 박은석, 전동석, 신성록 등 5 명의 배우가 치명적이고 신비로운 매력을 지닌 드라큘라 역을 맡았다. 그중 배우 김준수는 시즌마다 드라큘라 역을 맡았다.
《德古拉》在 2001 年於美國首演，2004 年登上百老匯舞台，該劇韓國版製作則在 2014 年首演，於

2016年二演、2020年三演、2021年四演，並在2023年底至2024年初進行第5季演出，亦是該劇10週年紀念公演。韓國版有柳廷翰、金俊秀、朴恩碩、全東奭、申成祿這5位演員飾演過擁有致命神祕魅力的德古拉一角，其中金俊秀每一季都參與演出。

單字

01 헌신(獻身)하다：投身、捨生忘死
02 빅토리아(Victoria)：維多利亞
03 자산(資産)：資產、資本
04 음침(陰沈)하다：陰森的、陰鬱的
05 외딴：偏僻的、孤零零的
06 약혼녀(約婚女)：未婚妻
07 황급(遑急)히：趕緊地、急忙地
08 분개(憤慨)하다：氣憤、憤怒
09 가둬놓다：軟禁、囚禁
10 모독(冒瀆)하다：褻瀆、冒犯
11 애쓰다：努力、花費力氣
12 원망(怨望)하다：埋怨、怨恨
13 합(合)치다：聯手、合併
14 목숨을 걸다：誓死、豁出性命
15 마음먹다：決定、下定決心
16 파괴(破壞)하다：摧毀、毀壞

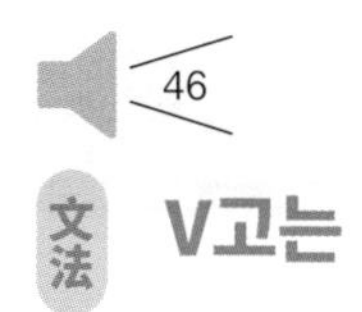

文法 V고는

文法說明：

'V고는'은 앞의 행동이나 사건이 뒤에 오는 내용의 전제 또는 조건이 된다는 것을 나타내는 표현이다. 이는 '-고'를 강조한 것으로도 볼 수 있다. 참고로, '-고는 하다'의 형태로도 쓰이는데 이때는 같은 일이나 사건이 반복적으로 일어난다는 것을 의미한다.

「V고는」是表示前面的行為或事件成為後續內容的前提或條件的表達方式。這也可以看作是對「-고」的強調。另外也能使用「-고는 하다」的形式，這時表示同樣的事情或事件反覆發生。

例句：

나는 문화 생활을 하지 않고는 스트레스를 풀기 힘들다.
不過文化生活，我很難紓解壓力。

극진한 사랑 이야기가 담긴 뮤지컬 드라큘라를 보고는 눈물을 감출 수 없었어요.
看了充滿深情愛情故事的音樂劇《德古拉》之後，我忍不住流下了眼淚。

그대는 내 허무한 삶의 유일한 빛
妳是我虛無的生命中唯一的光 47

뱀파이어는 많은 소설, 영화, TV, 게임 등에 등장하는 매우 흔한 소재다. 전설 속 뱀파이어는 인간이나 동물의 피를 먹고 사는 생명체로, 대부분 추악하고[1] 공포스러운 모습으로 등장한다. 뱀파이어의 이미지는 아일랜드 작가 브램 스토커의 1897 년 소설 드라큘라에서 전환되기 시작했다. 소설 속 주인공 드라큘라는 전설 속 추악한 뱀파이어의 이미지와는 다르게 고귀하고[2] 우아하며 매력적인 신사로 묘사되면서 드라큘라가 뱀파이어의 대명사[3] 로 자리 잡았다. 드라큘라의 귀족적 기질과 매혹적인 매력은 뱀파이어를 소재로 한 많은 후속 작품에도 영향을 미쳤다.

吸血鬼是許多小說、影視作品、遊戲等相當常見的題材，傳說中的吸血鬼是以吸食人類或其他動物的血液維生的生物，多半是以醜陋又恐怖的面貌現身。吸血鬼的形象從愛爾蘭作家伯蘭・史杜克於 1897 年出版的小說《德古拉》開始扭轉，小說中的主人公德古拉，有別於傳說中吸血鬼的醜陋形象，史杜克將吸血鬼塑造成高貴、文質彬彬、具有魅力的紳士，這本小說也使德古拉成為吸血鬼的代名詞，德古拉的貴族氣質和誘惑魅力影響了後續無數以吸血鬼為題材的作品。

뮤지컬 '드라큘라' 역시 스토커의 소설을 각색한 작품임에도 소설보다 뮤지컬이 더 낭만적이다. 뮤지컬 결말은 소설과 달리 드라큘라가 살해당하지[4] 않고, 사랑하는 미나를 지키기 위해 희생한다. 뮤지컬은 영생의 저주를 받은 뱀파이어 드라큘라와 그와 사랑에 빠질 운명에 놓인 여인 미나가 생사를 넘나드는 전생의 사랑 이야기를 묘사했다[5].

오디컴퍼니 주식회사

音樂劇《德古拉》亦是改編自史杜克的小說，但音樂劇又比小說更浪漫，音樂劇的結局跟小說不同，在小說中德古拉是被殺死的，而在音樂劇中德古拉是為了守護心愛的米娜而犧牲的。音樂劇講述的是遭受永生詛咒的吸血鬼德古拉，和命中注定與他相愛的女人米娜，超越生死的前世愛情故事。

'드라큘라'는 2001 년 미국에서 초연돼 2004 년 브로드웨이에 입성한 뒤 한국에서 원작을 약간 수정한 '논레플리카' 방식으로 제작됐다. 이 과정에서 브로드웨이 버전에는 없던 노래 '쉬'(She), '라스트 맨 스탠딩'(Last Man Standing), '노스페라투 레시트'(Nosferatu Recit) 등 3 곡이 추가됐다.
《德古拉》在 2001 年於美國首演，2004 年登上百老匯舞台，之後韓國引進此劇並以「非完全複製」方式製作，過程中增加了百老匯版本中沒有的〈She〉〈Last Man Standing〉〈Nosferatu Recit〉等 3 首歌曲。

그중 '쉬'(She) 는 '드라큘라'의 이야기를 전개하는 데 촉매[6] 역할을 하는 매우 중요한 노래로 꼽힌다. 이 곡은 드라큘라가 자신의 애절하고[7] 복잡한 감정이 담긴 사랑 이야기를 하는 노래다. 이 노래는 드라큘라 백작이 왕자에서 뱀파이어로 변하는 과정에서 주인공 미나의 전생에 대한 기억을 불러일으키고, 미나의 최종 선택에 대해 설득력[8] 을 높인다는 점에서 중요한 역할을 한다.
其中〈She〉是推動《德古拉》劇情發展非常重要的歌曲，德古拉以這首歌道出他富含哀傷複雜情感的愛情故事，也說明了他從純情的王子變成令人恐懼的吸血鬼的過程，最重要的是這首歌還喚起女主角米娜的前世記憶，提高米娜做出最後選擇時的說服力。

드라큘라의 강렬한 유혹에 직면하게 된 미나는 원래 이를 거부했다[9]. 현생과 따스한[10] 햇살을 포기하고 드라큘라와 끝없이 어두운 밤을 보낼 자신이 없었기 때문이다. 하지만 전생의 기억이 되살아난[11] 뒤 미나는 드라큘라의 치정[12] 에 감동하기 시작하면서 둘이 400 여 년 전 맺어진[13] 인연으로 그 인연을 다시 이어갈 운명을 거부할 수 없음을 알게 된다.
面對德古拉強烈的誘惑，米娜原本是抗拒的，她沒有自信拋棄今生和溫煦的陽光，與德古拉度過永無止盡的黑夜。但在前世記憶被喚醒後，她被德古拉的癡情所感動，明白他們早在 400 多年前就已結下緣分，並注定要再續前緣。

미나의 심경 변화는 극에서 가장 중요한 전환점이 된다. 노래 '쉬'에서는 미나의 마음이 바뀐 이유를 설명했다. 매 시즌 드라큘라 역을 맡아온 김준수는 이 노래를 두고 "극에서 빠져서는 안 되는 부분"이라며 이 노래가 삽입되지 않은 다른 나라의 버전은 어떻게 연출될지 상상할 수 없다고 밝히기도[14] 했다.
米娜的心境變化是劇中最重要的轉折，而〈She〉說明了米娜改變心意的原因。每季都有以德古拉一角參演的金俊秀就曾在訪問中表示，他認為〈She〉這首歌是故事中不可或缺的一部分，他無法想像其他國家的版本沒有這首歌該如何演出。

드라큘라 한국어판은 원작보다 섬세하고 매끄러운[15] 이야기 전개는 물론 가사도 원문보다 더욱 아름다워 사람들로 하여금 드라큘라와 미나간 이루어질 수 없는 사랑에 한층[16] 더 빠져들게 했다. 또한, 4

단 회전 무대와 실감 나는 특수효과도 뮤지컬에서 눈을 떼지 못하게 했다.

《德古拉》韓語版製作除了劇情比原版更加細膩流暢，歌詞翻譯也比原文更優美、更令人深陷於德古拉與米娜無法實現的愛情之中。另外，四重旋轉舞台及逼真的特效，亦令人目不轉睛。

單字

01 추악(醜惡)하다：醜陋的、醜惡的
02 고귀(高貴)하다：高貴的、寶貴的
03 대명사(代名詞)：代名詞、代表
04 살해당(殺害當)하다：被殺害、遇害
05 묘사(描寫)하다：描繪、講述
06 촉매(觸媒)：催化
07 애절(哀切)하다：哀傷的、悲切的
08 설득력(說得力)：說服力
09 거부(拒否)하다：抗拒、拒絕
10 따스하다：溫暖的；溫馨的
11 되살아나다：重新想起、回憶起
12 치정(癡情)：癡情
13 맺어지다：締結、結成
14 밝히다：表明、公開
15 매끄럽다：光滑的；自然流暢的
16 한층(層)：更、進一步

文法 N과/와 달리(다르게)

文法說明：

N에 대한 사실과 차이가 있는 어떤 사실 또는 내용을 나타낼 때 사용한다. 일반적으로 '사건의 진행 또는 생각 등이 같지 않게'를 의미한다.

用於表示與 N 的事實或內容有所差異的情況，通常意味著「事件的進展或想法等不一致」。

例句：

이번 공연은 모두의 예상과 달리 전례 없는 흥행을 기록했다.

這次公演與所有人的預期不同，創下了前所未有的票房紀錄。

올해로 초연 10 주년을 맞이하는 이 뮤지컬은 초연 때와는 다르게 무대 장치에 최첨단 기술을 도입했다.

這部音樂劇迎來首演 10 週年，與首演時不同的是，這次在舞台裝置上引進了最頂尖的技術。

本章中文撰文者簡介 | Hilda

一個下班後不是去韓國看劇就是在分享演出資訊的上班族，同時也是「Hilda 的韓國音樂劇筆記」版主，秉持著客觀分享的精神，期望能跨越語言隔閡，讓更多人接觸到韓國音樂劇演出資訊，進而走進劇場親身體驗音樂劇的美好。

除了音樂劇，原來韓國還衍生出不同類型的公演？！

撰文者｜ Mandy

韓國音樂劇原本以「原創音樂劇」和「授權音樂劇」為大宗，不過隨著大環境求新求變、政府有意扶持藝文產業，製作團隊也開始追求更多樣化的表演形式，結合韓國傳統藝術、流行元素等等的音樂劇，漸漸衍生出其他類型的公演，例如：亂打秀、猛男秀、CHEF 廚師秀等等，透過融合不同元素，不只創造出更具吸引力與創新的演出，更成為韓國代表性的藝文活動，每年都吸引不少觀光客前來朝聖！接下來將詳細介紹亂打秀、塗鴉秀、CHEF 廚師秀、Jump Show 功夫秀、FireMan 救火秀、Wild Wild 猛男秀六項韓國代表性公演。

一　韓國代表性公演

（一）亂打秀

說到韓國代表性公演絕不能漏掉它！亂打秀最初由韓國演員兼表演企劃宋承桓一手規劃，希望打造出結合韓國文化與特色，並透過聲音、動作等非直接方式與觀眾交流的表演，最終「亂打秀」就此誕生。亂打秀自 1997 年首演以來已演出逾 26 年，觀眾突破 1000 萬名，更曾登上美國百老匯的舞台，可說是韓國最具代表性的公演之一。

（二）塗鴉秀

塗鴉秀（THE PAINTERS）是主打「現場塗鴉作畫」的公演，包含行動繪畫、速寫、光繪畫等等，結合舞蹈、音樂、喜劇表演於一身，打造能與觀眾大量互動的演出，自 2008 年首演以來已累積超過 700 萬名觀眾。值得一提的是，塗鴉秀的主要演員們曾上過韓國和日本的電視節目，甚至還登上《亞洲達人秀》的舞台，繪畫與表演功力都備受認可，有機會去韓國的話一定要看看！

（三）CHEF 廚師秀

《CHEF 廚師秀》原名為《BIBAP 拌飯秀》，是以知名韓式料理「韓式拌飯（bibimbap）」為名的公演，以製作料理出發，融合音樂、B-BOX、街舞文化等多樣元素，與觀眾高度互動。先前欣賞演出時，表演中會製作日式、韓式以及中式料理，並提供紀念品讓參與互動的觀眾帶回家，最後面更讓口技與地板舞蹈演員有 solo 橋段，整體來說相當豐富有趣。

（四）Jump Show 功夫秀

前面介紹的《CHEF 廚師秀》是融合韓國文化與食物，《Jump Show 功夫秀》則是加入韓國最知名的跆拳道，展現搞笑又充滿力與美的表演。《Jump Show 功夫秀》劇情描述兩位小偷潛入功夫世家後所展開的爆笑離奇故事，武林高手與小偷之間有著相當激烈且逗趣的打鬥，特技表演也讓觀眾嘖嘖稱奇，十分吸引人。除此之外，此表演採用無對白設計，就算不會韓文也能輕鬆理解劇情發展，非常適合外國旅客前往欣賞。

（五）FireMan 救火秀

除了已經相當知名的亂打秀、塗鴉秀，2015 年首演的《FireMan 救火秀》也是這幾年外國遊客最愛觀賞的公演之一。《FireMan 救火秀》顧名思義就是以消防員為主角的表演，描述幾位夢想成為消防員的年輕人，在訓練途中互相幫忙、克服困難的故事。雖然看介紹是充滿愛與希望的表演，但其實劇情結合跑酷、特技表演以及搞笑劇情，整體來說相當豐富，也讓觀眾相當投入其中，氣氛十分熱烈。

（六）Wild Wild 猛男秀

曾來台灣舉行公演的《Wild Wild 猛男秀》，絕對是「視覺系觀眾」的福音！《Wild Wild 猛男秀》劇中每位演員都擁有精壯且迷人的身材，表演途中除了大方秀出結實肌肉，更會邀請觀眾上去互動，不只近距離貼身熱舞，更會邀請你親自「摸摸看」，超害羞的體驗難怪被列為「19 禁表演」，尺度跟恥度都破表！不過可惜的是，大部分猛男秀都主打「女性限定」，如果男生也想同樂的話，偶爾會有開放給生理男性入場的場次，如果有想前往觀賞的話記得先做好功課。

韓國音樂劇演員
獨家專訪

採訪撰文者｜阿敏、啾安
圖 像 提 供｜ Project About Entertainment

金政模

裵起成

朴時煥

演員介紹

裵起成（배기성）

一九九三年透過 MBC 的大學歌謠祭拿到銀賞之後一戰成名，隨即就以雙人男子組 CAN 出道，出道三十二年的他，目前以歌手、SBS《Good Morning》的固定嘉賓兼音樂劇演員等多重身分活動中，也演唱過許多知名韓劇 OST。

金政模（김정모）

二〇〇四年在 SM 以視覺搖滾樂團 TRAX 的吉他手出道，二〇一一年也與 SUPER JUNIOR 的金希澈共組雙人組 M&D，發行多首歌曲，目前主要以創作歌手兼音樂劇演員的身分活動中，同時也身兼音樂製作人與廣播節目固定嘉賓。

朴時煥（박시환）

二〇一三年在 Mnet 的《Superstar K5》拿到第二名後，順利以歌手的身分出道，出道同年也隨即接到電視劇與音樂劇的邀約，目前主要以歌手、音樂劇演員及 BTN 電台主持人身分活動中。

Q1：**三位都是從歌手轉職音樂劇演員，在當歌手的時候，有想過自己會踏入音樂劇這個領域嗎？又是什麼契機讓大家進入音樂劇演出領域的？**

裵起成（後簡稱裵）：我大學時其實是主修戲劇，以前夢想同時挑戰歌手和音樂劇演員這兩個領域，不過當時音樂劇不像現在這麼盛行，所以一直沒有合適的機會。我的畢業作品演了莎士比亞的《哈姆雷特》，有一位前輩在看了我的表演後，推薦我出演《MBC 大學歌謠祭》，這個節目競爭很激烈，一般人都得挑戰三到四次，但我第一次去就拿了銀獎，得獎後就順利以歌手二人組 CAN 出道。出道前期因為歌手形象太鮮明，加上我也出演了很多綜藝節目，搞笑的形象深入人心，擔心大家看我出演的音樂劇時會出戲，所以挑戰音樂劇的事情就一直被推延。在出道將近二十年後，才接到第一部音樂劇的邀約。那部劇是韓國原創劇叫做《아리랑 판타지 Arirang Fantasy》，是一部描述多文化家庭在韓國生活的喜劇，我飾演的角色是一位歌唱老師。

金政模（後簡稱金）：我大概在出道第七年的時候參與了第一部音樂劇《FAME》，它原本是美國的音樂劇，本來有一個拉小提琴的角色，韓國版本將這個角色改編為吉他手，當時我正好是以 TRAX 吉他手的身分活動中，所以收到了出演的邀請，就踏入了音樂劇的領域。我以前從沒想過要出演音樂劇，所以當時收到提案的時候很驚訝，還問公司說「我嗎？音樂劇？」我當時在團體裡不負責唱歌，既不會跳舞，也沒演過戲，要出演音樂劇必須具備的三個基本條件，我一個都沒有。所以我覺得太不像話了、是不是選錯人了，但是導演叫我不要擔心，他是因為看到了我的潛力，還告訴我這個角色不太需要跳舞，主要負責演奏樂器，因此我就鼓起勇氣挑戰。第一天練習的時候才發現，其實唱歌和跳舞的份量都不少，一開始真的非常艱辛，在排練的一個月裡，因為擔心拖累大家，心想無論如何都要努力做到，幸虧其他演員們也教了我很多，就這樣慢慢陷入音樂劇的魅力。

朴時煥（後簡稱朴）：以前沒有想過我會成為音樂劇演員，小時候因為喜歡唱歌，所以一直夢想著要成為歌手，但其實剛以歌手出道不久後，就開始拍攝電視劇，第一部參與的電視劇是《錐子》，同一年也演出了音樂劇《蔬菜店的小夥子》，所以歌手、電視劇演員、音樂劇演員幾乎是同時開始的。老實說，一開始想到要一次面對這麼多挑戰還是有點害怕，但開始排練之後，發現演員們人都非常好，也感受到原來音樂劇是一個能帶給大家能量的地方，所以我反而還在忙碌的行程中從音樂劇裡得到了治癒，我打從心裡深愛著這份工作，從那時候開始就想著「我一定要繼續出演音樂劇」，直到現在我在演出音樂劇的同時，也都覺得是一種享受。

裵起成排練《TIME TRAVEL LOVE SONG》

Q2：**一開始有什麼覺得比較難適應的地方嗎？**

裵：我覺得當歌手和演音樂劇時最大的差異是「唱法」，一般來說，歌手在演唱時，需要在三分鐘的時間內，把我真實的情感傳達給觀眾；音樂劇演員在表演時，則是透過演技來唱出這個角色的心情，調整唱法的部分我覺得是最困難的。作為歌手站上舞台時，這個舞台就是完全屬於我「裵起成」的，這是可以盡情表現我自己的地方，而作為音樂劇演員，代表的是我飾演的那個角色，站上舞台時會有角色必須走的動線、有符合角色個性的台詞，還必須跟其他演員對戲。其實跟其他演員對戲並沒有想像中容易，因為舞台是由所有演員一起完成的，彼此間要互相搭配，情感的張力也不能落差太大，加上等待對方演員說台詞的時間，必須維持自己上一句台詞的情緒與動作，才不會影響觀眾的觀戲體驗。

金：因為之前沒想過要挑戰演戲，所以沒有特別訓練過演技，一開始真的有很多部分需要調整跟學習，很慶幸當時的導演給了我許多特別指導，告訴我要如何調整音量，或是唸台詞時要怎麼用語調來表現情感。其他演員也會特別抽出時間陪我練對手戲，並告訴我和別人對戲的技巧。現在回頭想想，真的非常感謝當時陪我一起練習的演員們。但對我來說最困難的還是跳舞，《FAME》的開場是全體演員一起跳一支特別長的開場舞，對我來說相當不容易，其實到目前為止，我演出的音樂劇大部分都是以演奏樂器為主，對現在的我來說，跳舞依然是很大的難關，不過要是有機會的話，我還是會想挑戰看看。

《Volume up》裵起成（上）、金政模（中）、朴時煥（下）

朴：為了要完美地表現出角色的個性，演戲的時候必須完全放下原本的我，這是我覺得最困難的部分。通常我演的角色都是非常活潑、正向、有自信的，但其實我是個非常小心謹慎的人，以前因為有視線恐懼症，無法看著別人的眼睛說話，出道之後因為會接觸到非常多人，也要接受許多採訪，才漸漸克服了這個恐懼症。原本和別人聊天時，我多半是扮演傾聽者的角色，在接受各種訪談的時候，突然發現「原來有人對我提問，是一件這麼幸福的事」，體悟了這個幸福感後，每次採訪時我都會努力地回答，因為真的很感謝對方願意聽我說話，講著講著漸漸地就發現，我可以自然地跟別人對視了。

金：對了，直到現在我還無法忘記《FAME》的最後一場表演，當時最後有一段我的獨白台詞，但是我一想到這是最後一場表演，覺得好像還有很多可以表現得更好的地方，很捨不得就這樣結束，想著想著就忍不住嚎啕大哭，哭到完全無法講出台詞，本來應該是要整個表演結束後才能哭的，但是當下實在忍不住。那一段安排的是我講完獨白之後，還有一段獨唱，接著所有演員們會一起出來合唱，我如果不唱完後面就不能收尾，所以導演就也只能等我冷靜下來，後來我是一邊哭一邊唱完我的獨唱，導演結束後也說這是他第一次遇到在表演途中哭出來的情況。幸好當時觀眾們也被悲傷的氣氛感染，都跟著我一起哭，沒有對表演造成太大的影響。

Q3：**有沒有演過跟自己個性差很多的角色？在演出過程中，為了投入角色是否有特定的方法？**

裵：我最近演了一個從來沒有嘗試過的角色，在《타임트래블 러브송 TIME TRAVEL LOVE SONG》裡飾演北韓牧師爺爺，不但要講北韓方言，甚至還會挨槍死亡，這是我第一次演出跟我實際年齡相差很多的角色。我覺得進入角色最好的方法就是不斷研讀劇本，不只是熟悉自己的角色，也要了解其他角色的台詞，才能理解每個角色之間彼此想要傳達的訊息是什麼，台詞本上的語氣也可以看出角色個性。

金：我演過滿多跟我個性差很多的角色，其中《고래고래 高聲喊叫》中「병태」這個角色的個性跟我幾乎完全相反，他是個在女生面前就會害羞到不敢講話的人，還是個會被哥哥們欺負的冤大頭，台詞還需要講方言，但我是土生土長的首爾人，完全不會方言。因為真的和我太不一樣了，對當時演技還略顯不足的我來說，演出一個性格和自己相反的角色是很困難的事，直到現在我還是覺得병태是我演過最具挑戰的角色。在練習的時候有很多煩惱，為了投入角色，我看了很多相關的電影，也跟親近的前輩請益，做了很多努力。

朴：講到最不一樣的角色的話，就是《TRACE U》裡的「具本河」了，如果跟他一樣的話我會被警察抓走，他是一個又壞又自私的人，而且精神世界稍微有點異於常人，我應該一輩子都不可能跟他有相似之處。為了要投入這個角色，我找了一些跟這個角色相似的影片來看，然後去揣摩他的心理，假設我是一個自私的人會怎麼行動，不過比起行動，我那時候花比較多心力在著墨歌曲的部分，畢竟歌曲是我最擅長的部分，我想著怎麼唱才能唱出具本河的內心世界，怎麼唱才能傳遞出那首歌的情感，就稍微更容易投入了。

Q4：**在演出之外的時間，通常做些什麼呢？如何保持聲音和體力來應對高強度的演出行程呢？**

裵：沒有行程時，我通常都在寫歌或練習唱歌，我在家裡設置了KTV機器，每天都會唱兩到三小時，對我來說這是維持喉嚨狀態的方法，就像學習外語一樣，如果長時間不使用的話，就一定會退步，如果不唱歌的話，實力會慢慢倒退。不過我好像不太會特別做體力管理，因為我真的很討厭運動，除了真的覺得體力需要加強，我才會出門去做一點運動，也會吃點補品。我覺得時常注意自己的身體狀況是最重要的，只要發現一點不對勁就一定要馬上處理。

金：我平常喜歡看棒球轉播、吃美食、去咖啡廳，我也喜歡運動，所以一週會去健身房兩到三次，偶爾也會騎腳踏車，晚上會帶著逗貓棒跟肉泥去住家附近散步，在路邊遇到流浪貓時就會陪他們玩。以前運動是為了打造身材，現在則是為了維持體力。至於喉嚨的保養，因為我不抽菸也不喝酒，所以其實對喉嚨沒有太大的負擔，偶爾碰到喉嚨狀態不好的日子，我那天就不喝咖啡，因為咖啡因會導致喉嚨的黏膜變乾，也會多喝水及盡量小聲說話，減輕對喉嚨的負擔。

朴：我是個不折不扣的宅男，所以沒有行程的時候幾乎不出門。偶爾會跟朋友們見面，我很善於對朋友們表達情感，在聚會的時候會常常跟哥哥們說「哥真的很帥氣、真的很謝謝你、我真的很

FOREVER
EFNOTE
KISS
EFNOTE
KISS
KISS

喜歡你」。為了避免造成身體的負擔，我的體重盡可能維持在六十三公斤左右，平常會做有氧運動，只有在需要特別加強時才會做點重訓。我保養喉嚨的方式就是「下班之後一句話也不說」，回家之後除了偶爾和狗狗講幾句話以外，真的一句話也不會說。還有我的粉絲們常常送保健食品給我，真的很謝謝他們，我也盡可能地按時吃保健食品來保養。

Q5：三位對彼此的第一印象是什麼呢？

裵：因為我跟他們年紀差了十幾歲，所以跟他們相處的時候，一直努力不要當個老頑固，不要對孩子們發牢騷，如果跟年輕人一起工作，我會努力去了解他們的想法或是理解他們的行為，因為要互相了解，工作時才能彼此配合。跟政模是在他二十歲時以 TRAX 身分活動的時候就認識了，當時是 SUPER JUNIOR 的希澈介紹我們認識，以前常常一起吃飯喝酒，那時候覺得他特別乖巧，也非常有禮貌，現在會進入這間公司也是因為聽到政模在這裡，就決定要加入。時煥則是進入公司後才認識的，第一次見到他的時候就覺得他是一個是非分明、很有自己的想法的人，對於自己的工作非常盡心盡力。

金：我二十歲的時候就認識起成哥了，他是個很好相處又喜歡開玩笑的前輩，當時在《出發夢之隊》錄影時，有一個橋段是要沿著泳池跑出場，起成哥跟所有來賓提議玩猜拳，輸的人跑到一半要假裝跌到泳池裡，那時候我輸了，起成哥原本以為我不會真的跳下去，但我覺得願賭服輸，所以跑到一半就跌進泳池，起成哥看到後比了個讚，對我說「原來你也是個瘋子啊」。跟時煥是在他主持的廣播節目上相遇的，在電視上的時煥看起來非常安靜，感覺是個不容易親近的人，給人一種孤獨的形象，但實際上卻是個相當開朗的人，在錄電台的時候跟他聊得很開心，對於我的笑話他也很捧場，中間播放歌曲的時候時煥也一直稱讚我很有趣，當天就和他交換了聯絡方式，覺得是很合得來的弟弟。

朴：起成前輩真的是我小時候的偶像，我跟朋友們去 KTV 都會唱他的歌，所以第一次在公司聚餐的場合見到前輩時，不太敢跟他搭話，之後花了很長的時間才跟他變得親近。以前總是出現在電視上的前輩，現在就在我眼前，這個時候我就覺得身為歌手真的好幸福，因為身為歌手才能有這樣的機會見到偶像，他給我的每一句建議都很珍貴，前輩當年真的是風靡了整個韓國，沒有人不認識他，所以我覺得真的是選對了職業。我第一次看到政模哥的時候就非常喜歡他，我自認我很會看人，雖然政模哥講話看似很直接、喜歡吐槽別人，但他其實是個很搞笑的人，變熟了之後也發現他是個很善良的人。

Q6：在音樂劇《Volume up》演出時，最喜歡即興表演的演員是誰呢？

裵：我滿常即興演出的，我覺得要充分地理解台詞，才能做出有趣的即興演出。有時候對戲的演員會因為我突然的即興而慌張、呆住或是強忍笑意，台下的觀眾也很喜歡我的即興演出，通常就會跟著一起笑，因為《Volume up》是一部歡樂的音樂劇，我覺得這樣氣氛反而會更好。

金：李世俊前輩是《Volume up》演員裡最常即興演出的人，甚至還被作家洪京民下了禁止令，因為即興演出就像是雙面刃，可能會帶來好的結果，也有可能會害觀眾出戲。世俊前輩在劇中飾演餐廳老闆的角色，男主角則是由選秀節目出身的時煥飾演，原本劇中有句台詞是老闆問男主角對於舉辦試鏡的想法，有一次世俊前輩即興演出說「你不是也參加過選秀節目嗎」，台下的粉絲一聽就爆笑出聲，但此時舞台上的男主角就突然變成時煥本人，而不是他飾演的角色，所以之後世俊前輩就被禁止有太多的即興表演。

朴：裵起成前輩和李世俊前輩都很常即興演出，李世俊前輩被下令禁止即興演出後，嘴巴上答應了，但都還是會有突如其來的即興台詞。李世俊前輩的梗都很高級，有時候真的會接不下去，我記得有一次他頂著一副善良無辜的臉，講了一句諧音聽起來很像髒話的台詞，當下我有點慌張，前輩就自己打圓場往下接，因為他也很擅長自己收拾善後，所以才這麼常即興演出。

Q7：音樂劇演出時，跟觀眾互動的過程中有沒有發生過特別的事情呢？

裵：我在《Volume up》裡飾演餐廳老闆，裡面有一幕是請一位觀眾站起來一起跳舞，這個橋段其實是我自己設計的，其他同樣飾演這個角色的演員並不會這麼做。我喜歡在現場表演時透過跟觀眾互動，讓大家一起融入這個演出。偶爾也會遇到害羞不願意站起來的觀眾，這時候我就會碎碎念說「怎麼都不站起來呢」自己圓場，《Volume up》在台灣的

《六點下班》金政模（上）、朴時煥（下）

第一場表演，也遇到了這樣的情況，所以我就學了中文的「救命啊」來拜託觀眾參與，之後的四場在我喊了「救命啊」之後，就有觀眾熱情地站起來跳舞了。

金：我在《Volume up》裡面有一段是要對女主角講一些油膩、調情的台詞，在我問女主角的 MBTI 是什麼之後，女主角會反問我的 MBTI，我會說「你猜猜我的 MBTI 是什麼？我是 LOVE」。為了給多次入場觀看的觀眾不同驚喜，除了 LOVE 之外，我有時候會改說 CUTE、我是只屬於妳的 sweety，我原本預想的效果是觀眾會因為太肉麻而尖叫或大笑，結果有一次講完「我是只屬於妳的 sweety」時，觀眾席傳來了不耐煩的嘆氣聲，我跟女主角走到後台後，面面相覷想著「怎麼辦？好像搞砸了」，之後我就都只講反應最好的 LOVE 了。

朴：我是不太擅長即興和隨機應變的類型，所以我通常會在演出前模擬好各種可能會發生的情況，避免遇到突發狀況而感到慌張。我很常拿著麥克風到觀眾席，請觀眾跟著一起唱，但有時候會遇到觀眾太害羞而拒絕，我就會大喊一聲「為什麼不唱」，再把麥克風推到觀眾面前，還是不唱的話就再大喊一聲「一起唱」，努力帶動氣氛。偶爾也會遇到觀眾不小心開啟手機的手電筒，我就會指著他說「哇那邊有星星耶」提醒他。

Q8：**未來有什麼想要挑戰的角色或作品嗎？或是有沒有想要推薦給彼此的角色呢？**

裵：其實我覺得每次的新角色都是一個新挑戰，無論是什麼樣的角色，我都想要嘗試看看，其中我最想挑戰的是浪漫愛情劇，每次跟導演們開會的時候，我都一直自薦，說想要演浪漫愛情劇，雖然現實層面來看，觀眾們可能比較喜歡年輕人演的愛情劇，但我內心仍然盼望某一天能挑戰演出中年人的愛情故事。因為政模是吉他手，想要推薦他嘗試演出知名吉他手生平故事的角色，像是電影《波西米亞狂想曲》介紹皇后合唱團主唱 Freddie 那樣的作品。時煥不但歌唱得好，演技也非常好，雖然他已經演出過類似的角色，但我覺得他真的很適合浪漫的愛情劇，也想推薦他演看看像福爾摩斯這種聰明的偵探角色。

金：老實說我沒有思考過這個問題，但是有人來邀請我演出的話，我都會努力去嘗試，我覺得好好地消化每一個角色是演員的本分，所以不管是什麼類型的角色，我都很願意嘗試。起成哥大學主修戲劇，所以想推薦他演真摯的角色，因為他平常搞笑的形象深植人心，覺得可以藉由這樣的作品，讓大家看見他不同的一面。至於時煥，我覺得應該很多人跟我一樣，對他的第一印象是有種安靜、孤獨的感覺，所以我想推薦他挑戰《六點下班》裡面高恩浩的角色，那個角色非常活潑，如果由他來飾演的話，應該會很有趣。

朴：老實說，我一直想嘗試演壞人，或是像《搖滾芭比》中海德薇格那樣充滿強烈個人風格的角色，我很常演出與樂團有關的音樂劇，所以一直期待能挑戰這種不同的風格。不過我也很喜歡演活潑開朗的角色，因為飾演一個正向開朗的人時，在練習的過程中會一直說出正向、積極的台詞，日常生活中好像也會一起變得開朗，所以我非常喜歡歡樂的角色。這次在《You&It》的演出，久違地演了悲傷的戲，不僅粉絲們非常喜歡，也得到導演的稱讚，所以覺得很開心。我想推薦給起成哥《六點下班》裡的盧科長這個角色，這個角色在前半場有很重的戲分，需要靠他引導劇情發展，起成哥的渲染力很強大，感覺非常適合他。至於政模哥，我覺得他很適合《My Bucket

金政模單曲專輯概念照

《싯다르타 The Life of Siddhartha》朴時煥

List》裡「姜久」這個角色，姜久是一個會陪伴朋友完成夢想清單的人，因為政模哥是位很可靠的哥哥。

Q9：對想要成為音樂劇演員的人有什麼建議？有什麼你希望自己年輕時知道的事情？

裵：如果有真心想做的事，就要透過持續學習來讓自己更進步，我到現在也都在持續學習。在成名之前可能會很煎熬，低潮的時候容易對自己失去信心，會覺得別人認為自己歌也唱不好、演技也不突出，好像不適合走這條路，但是其實仔細想想，可能並沒有人真的這麼說，都只是因為陷入自我懷疑，久了就產生錯覺。即使遇到挫折，也要繼續堅持，撐下去才是最重要的。所謂撐下去並不是原地等待，而是要努力尋找讓自己進步的方法，每一種方法都去嘗試，最後一定會有所收穫，那些辛苦都只是個過程。我想對以前的自己說「與其焦慮不安，不如利用時間好好地精進自己」，跟別人在一起的時候難免會互相比較，因為各自起跑的時間不一樣，所以抵達終點的時間當然也會有所不同，如果擺在一起看的話，可能會覺得自己落後了，但是專注在自己身上的話，就會發現自己是有在前進的，所以不需要感到焦慮與不安。不是第一名被別人拿走，我的人生就停在這了，我也要努力地得到我自己的第一名，所以和自己比較就好了，只要堅持不懈，一直努力去做就對了。

金：我想告訴大家不要害怕挑戰，像我這樣原本只專注在彈吉他，對其他領域一竅不通的人，經過努力之後也可以站上音樂劇的舞台，我也不是一開始就做得很好，是在每一次的演出中吸取經驗慢慢進步。所以我認為沒有什麼事是做不到的，只要不斷練習、認真地做，每個人都有無限可能。希望大家可以努力地挑戰自己，祝你們成功。我以前年輕的時候曾經有過「我的本業是吉他手，舞蹈跳得差不多就好了」的想法，也擔心過浮誇的角色會影響我的吉他手形象，對於音樂劇演員這個頭銜也感到有點負擔，因為比我資深或專業的演員非常多。但我想告訴當時的我「這樣的想法是不必要的」，因為這樣的想法會讓我無法百分之百投入音樂劇演員的工作，當音樂劇演員的時候就努力地投入當下，這樣才是對的。

朴：我覺得如果有想做的事，就勇敢地嘗試吧，不管是什麼角色，都先挑戰看看！我覺得演技跟唱歌都是只要一直練習，就一定會進步的事，而且在練習的過程中，一定要不斷地傾聽並吸收別人給的意見，這樣才會一直成長。音樂劇演員是個會帶給人幸福跟夢想的職業，身為一個音樂劇演員，也可以在準備的過程中重新審視自己，我也打算一輩子都當音樂劇演員！我希望我可以更早了解到「發音跟發聲」的重要性，有時候可能會發生麥克風收音不好的狀況，這個時候如果想要好好演出，發聲是最重要的。加上我原本是個過於小心謹慎的人，因為沒有自信，所以說話的時候嘴型總是不明顯，後來才發現我的發音真的不太好，觀眾可能會聽不太清楚，花了很多時間調整「發音跟發聲」，所以我覺得這兩個要素真的很重要，我希望當時的我不要感到害怕，要對自己更有自信。

Q10：如果從台下看著舞台上的自己，想對自己說什麼稱讚的話呢？

裵：我真的很努力在過生活呢！我可以有自信地說，出道三十二年來我幾乎沒有休息，我會一直努力到身體跟不上為止，想挑戰的都會去做。

金：我好像沒辦法稱讚自己，因為總覺得還有能做得更好的地方，像是聲音可以再大聲一點，或是發音時嘴巴可以再張大一點。每次完成作品時，才發現原來自己是可以做到的，得到成就感的同時也會產生自信。

朴：我想要感謝我自己不管發生什麼事都還是留在舞台上，即使很疲憊也沒有露出疲態，感謝專注完成表演的自己，站上舞台的瞬間，我覺得我就不再只是我自己，我是為了觀眾而站在台上。

採訪撰文者簡介

阿敏

因為覺得韓文講起來很好聽，就這樣一頭栽進韓文的世界，接著創辦了「超有趣韓文」，致力設計出有趣的課程，讓同學們可以享受學韓文這件事。近年來也舉辦過偶像見面會、音樂劇，同時也兼任主持及韓文翻譯。

啾安

因為熱愛韓劇而學習韓文，2016 年從慶熙大學語學堂結業後開始兼職韓文家教。曾在升學補習班教授英文達 10 年，學生對象從國小生到大學生，擅長中英韓三種語言的文法比較，目前專任線上韓文老師。

MOOKorea慕韓國06

韓國音樂劇：
MOOKorea慕韓國 第6期 한국 뮤지컬

作　　者：EZKorea編輯部
企劃編輯：郭怡廷、葉羿妤
譯　　者：柳廷燁
內頁插畫：PanDaAn、Chan
部分圖片：Shutterstock
封面設計：Bianco Tsai
版型設計：Bianco Tsai
內頁排版：初雨有限公司（ivy_design）
韓文錄音：柳廷燁、鄭美善
錄音後製：純粹錄音後製有限公司
行銷企劃：張爾芸

發 行 人：洪祺祥
副總經理：洪偉傑
副總編輯：曹仲堯
法律顧問：建大法律事務所
財務顧問：高威會計師事務所

出　　版：日月文化出版股份有限公司
製　　作：EZ叢書館
地　　址：臺北市信義路三段151號8樓
電　　話：(02)2708-5509
傳　　真：(02)2708-6157
網　　址：www.heliopolis.com.tw
客服信箱：service@ heliopolis.com.tw
郵撥帳號：19716071日月文化出版股份有限公司

總 經 銷：聯合發行股份有限公司
電　　話：(02)2917-8022
傳　　真：(02)2915-7212
印　　刷：中原造像股份有限公司
初　　版：2024年10月
定　　價：360元
I S B N：978-626-7516-30-0

韓國音樂劇：MOOKorea慕韓國. 第6期 = 한국 뮤지컬/
EZKorea編輯部著；柳廷燁 中文翻譯. -- 初版. -- 臺北市
：日月文化出版股份有限公司, 2024.10
132面；21X28公分. -- (MOOKorea慕韓國；6)
ISBN 978-626-7516-30-0(平裝)

1.CST: 韓語 2.CST: 讀本

803.28　　113011952